微国学系列之

微生活

张建云说

张建云 著

山东友谊出版社
Shandong Friendship Publishing House

微
国
学

原来书还可以这样读

自　序

小学时。

总想把作文写长，因为老师要求字数。所以出现的标点多，的、地、得多，啊、呀、呵多。

长大后。

有点阅历、会点技巧、懂点人事，就把文章往长里写。总追着给人家送书。大多数人都说先睹为快、一定拜读。事后才知，这不明摆着给人添负担吗。老婆、孩子、爹妈、亲朋、领导、客户、同学、战友，这些关系，哪个不需要维护？有精力端着本厚书阅读的人，不是精神有问题，就是失业了，还有一种可能就是太富有、太优雅。

到如今。

微信冲击着每个人的生活。各种段子层出不穷，一见心灵鸡汤就想吐，好不容易有个原创，立刻被山寨、复制和抄袭。下决心。把文章写短，应是一种挑战，去除华丽，直指人心。写情，写爱，写工作，写创业，写求学，写教育，写家长里短，写为政从商，写人格修养，写祖国富强，写大国博弈，写天地自然。

请阅。望悦。

目　录

说　仁

说　义

说　礼

说　智

说　信

说仁

吃人小吃店
钱
2014.8.22
@tjmyway
2014.7.9
@tjmyway

女人唠叨，男人有责

两口子不打架，就是爱国。

两女人抱怨。

一说自己丈夫只知道上班下班，没一点社交活动，在家里洗衣服、做饭、擦地，竟然还替我打毛衣。气死我了！你说这男人咋这没出息？

另一女人羡慕得眼睛发亮。说这样多好，夫妻成双入对也算过日子。我家那口子，倒是赚钱很多，可每天抓不到人。我睡了，他回家。我未起床，他走了。一个月在家吃顿饭都困难。有时也给我打电话，说晚上不回来吃了，我说干脆，你哪天回来吃再给我打电话。气死我了！

老婆孩子热炕头的男人，被定义为“小男人”，女人怒其不争，哀其不富。因为购物总算计，光有男人陪，兜里缺钞票，日子不风光。

在外面业务繁忙、大把赚钱、大把花钱，让老婆穿金戴银的男人，被称为“大男人”，回家吃顿饭，跟老婆睡个觉都成问题。老婆提起来就急，说我要的是人，跟钱过日子等于守活寡！

孔子也头疼。说小人和女人都太难相处了。时常在她们身边，她们就会不屑一顾；远离她们，又会被埋怨。故，“子曰：唯女子与小人为难养也，近之则不孙（xun，四声），远之则怨”。

整本《论语》里没记载孔子怎样和老婆过日子。但孔子说，一个男人，尤其是一个有志气的男人，如果过于留恋家庭的安逸生活，就不配做志士了。故，子又曰：“士而怀居，不足以为士矣。”

他在批评“小男人”，但没批评“大男人”。可他告诉中国男人，如何做一个大男人。

孔子平时在家，仪态舒展大方，温和愉快。该穿睡衣穿睡衣，该穿拖鞋穿拖鞋。家庭气氛甚是欢悦，悠然，平和，自然，放松。不像某些“大男人”，到家还以为自己是董事长、局长，继续摆出威严的样子而拿腔作调，总也放不下架子。《论语·述而》曰：“子之燕居，申申如也，夭夭如也。”

孔子有爱。爱之有方。他说：爱她，能不为她操劳吗？忠于她，能不对她劝告吗？故，子还曰：“爱之，能勿劳乎？忠焉，能勿诲乎？”

对于孩子和女人虽然不好应付，但还是有方法的。可以宠爱，却不能溺爱。为她多干点活，多操点心，能有什么亏吃？两口子不打架，就是爱国。若再有“大男人”的作为和“小男人”的细腻就更好了。

综上诉述：女人唠叨，男人有责。

叫我如何不想他

胸科教授，戒烟能手。

朋友戒烟了。快50岁的人，吸烟30年，说戒就戒了。

毅力何来？我问。

吓得，不戒就死。

他说要感谢那所著名的胸科医院里那名权威的教授。

那日心脏区域疼痛，到医院花200元挂了专家号。教授简单询问，便要求做核磁、造影，看后紧皱眉头，说冠心病。

朋友问是早期，中期，还是晚期?

教授训斥其无知，冠心病，发现就是晚期!

朋友傻了。腿发软，眼发蒙，头发沉，心发虚。问治疗方案。

教授说方法有三，一吃药，二搭桥，三吗？只能等着，没别的招。

朋友知道“只能等着”的意义。刚刚功成名就，老婆如花似玉，孩子茁壮成长，家母尚在人世，企业良好运营，哪里“等得了”！

治！无论如何也要治！

教授说，目前还不用住院，可先吃些药调理。若有情况，即刻来诊。

朋友问吸烟、喝酒？

还烟酒？性生活都要检点！

于是朋友戒烟戒酒，努力吃药。

自医院回来没几日，晚上便心脏巨跳，疼痛难忍。莫非要就此与世别过，早走一程，撒手尘寰？

忍痛，流汗，颤抖着手拿笔把遗书写好。打 120 到医院。输了 10 天液。出院结账 5 万块。

感谢医院，感谢医生。活着真好！

数日。仍觉心痛。到另一家医院继续就诊，这次找一与医院熟识朋友相随。

专家看完病历，简单询问说，颈椎病。

啊？！

怎么治？朋友急切地问。

多锻炼，昂头看蓝天白云，睡觉别枕枕头。

……

朋友说特别感谢胸科医院那位教授，会记他一辈子。想给他送个锦旗，上书：胸科教授，戒烟能手。

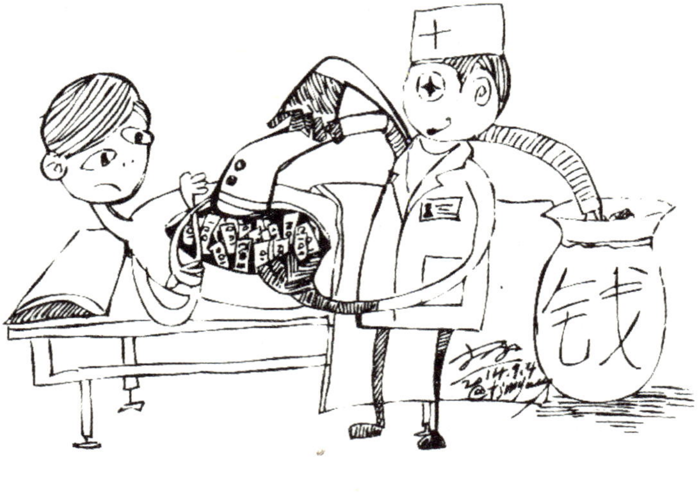

吃鱼者无鱼

人永远不能被钱牵制。有了来路不正的钱只考虑一件事——享受。

一前辈退休多年，仍然声望不减，被各界朋友约访游玩，所到之处均以贵宾之礼相待。

问之为何？

前辈微笑，娓娓道来30年前一小故事。

一建筑承包商，为承揽工程，登门拜访，携美金1000元。那时1000美元与今日相比应是笔巨款了吧？

前辈说当时每月工资是200元。面对1000美元谈笑风生，与建筑商商量，说我也喜欢钱，但这样的钱你还是放到你那里吧！你资质、实力与诚信度均已考察，工程之事不必多虑。

时过境迁，物价多涨，CPI指数（居民消费价格指数）不知波动了多少百分点，况且人民币兑美元升值二三成，说那时的1000美元相当于现在的几十万人民币也不为过。而前辈却能清心面对，不为所惑。我大为佩服。

人永远不能被钱牵制。有了来路不正的钱只考虑一件事——享受。这就大错了。如同向岁月透支生命。进监狱、多落魄、早死亡是迟早的事。

他说前几日到当时“包工头”所在的城市，该市的市委书记与市长均是前辈的老部下，早已等候老领导大驾光临。前辈开玩笑，说不用你们款待我，让那个如今已是富甲一方的“包工头”来花钱请我吃饭吧。因为他还“欠”我“1000美元”！

“包工头”盛情款待。酒桌上笑声不绝于耳。

在想。

若曾经的“包工头”得不到30年前的那次标的，现在会怎样？很多人的崛起有时只有一次机会。若前辈收了“包工头”的1000美元，现在又能身价几何？

战国时期鲁国宰相公孙仪爱吃鱼。全国百姓皆买鱼送他，而他却无一不拒之门外。其弟子不解。说既然爱吃鱼，又有人送鱼给你，为何不收？公孙仪说，我自己可以花钱买鱼。若收了别人的鱼，恐日后就没鱼吃了。

为了能长期有鱼吃，这不是为官之本？

过，还是不过

生日过与不过，日子都要过。过个好生日，便是好日子。

每逢生日，回家跟妈过。给她做饭，与她吃饭，但几乎每次都是她给我做饭。和父母一起，携妻子、儿女，小聚一桌。忆从前，有伤感；谈今后，多欢悦。

今天是 41 岁生日。到了新疆，在了和田。非旅游。是支援。为和田地区的孩子们送书、讲课。这应叫尽绵薄之力。若能影响孩子们心志，帮助其树立正确价值观，就再好不过了。这应是送给自己最好的礼物。

过生日的意义有两个，一是庆祝自己来到人世，二是为离开人世做送行准备。每过一次生日，无形中就与死亡亲近一步。所以叫“生日，快了”。什么快了？您懂的。

过生日当谨慎。最好别呼朋唤友、不醉不归。也别把蛋糕抹得满身、满脸都是。至于又喊又闹、又哭又笑就更没必要了。请人家给你过生日是欠情，告诉人家自己过生日，是不甘寂寞，希望得到或真或假的祝福。最好回家。回家找妈。那个生养你的人最惦记你。打个电话也行，最起码证明我们没有忘恩负义、禽兽不如。

有很多人忘恩负义。嘴里喊着“受人点水之恩，必当涌泉相报”，可过生日时竟忘记把自己带来人世的父母，与他人推杯换盏、怒放歌喉。

生日过与不过，日子都要过。

连续20年了，每次过生日都要做一件有意义的事。或者读一天书，或者加一天班，或者与家人欢乐，或者做个小公益、行个小善良。

来和田送礼物，是个好生日。生日只是个告知，告知又是一个里程碑，打点行囊，整装待发，不得有误。生日过与不过，日子都要过。过个好生日，便是好日子。愿生活里都是好日子。

那轻轻一按的温柔

最后那一声"嗯"，软绵绵、亲切切、麻酥酥。我心里疙瘩瘩。

晚间下楼。遇见那个比我略小几岁的朋友，他正与其妻子拉手散步。

见我，遂快走几步，暂时抛开妻手，上前问候。说单位特忙，压力也大，但不怕，而且能从压力中寻找出经验、快乐和动力。

正说期间，他电话响了，在右边裤子口袋中。他没有犹豫，把手插进右侧裤兜，可能是挂断，也可能是按了静音。我以为他会把电话接通，和对方致歉，说有点忙，一会再回过去，或者看清电话，再做拒接动作。他没有，这极其简单的动作超自然，甚至让我感觉不出刚刚来过电话。

拒接电话，这轻轻一按的温柔竟让我有些感动。为了我们交流顺畅，或是不想打扰我听或说，有礼貌地把裤子口袋中振动、响铃的电话处理了。

他应分析与我聊天时间不长，或来的电话不太重要。这一自然、轻松的举动，触动的不单是电话按键，无形中尽显了对我的尊敬和无处不在的素养。

想起去年面试的助理，当着我面把手机关掉，说中途来电，是态度不端。刚开始对她感觉特好，后来想她为什么不提前把电话关掉，而非要当着我的面处理呢？

大概是我贼人心多，以可疑之心度人忠诚之腹。但也还好。比面试的另一个助理强。正介绍自己时，她电话响了，接通后极其温柔地对电话说，亲，我正面试，一会打给你，嗯。最后那一声“嗯”，软绵绵、亲切切、麻酥酥。我心里疙瘩瘩。想，这孩子咋这开放呢？

从接电话可看人脾气、品味、习惯及人格。

如今，还有在开会、上课、讨论期间电话响起的，不能简单地说是忘记，应是不文明，欠教养。如同见面打招呼，不说你好，也别骂人呀！公共、安静、众人场所电话骤响，无异于骂人。

接电话，看优雅。不优雅，必挨骂。

离奇的房租

一个小吃店的房租离奇地从5万涨到21万。还叫不叫人活！

曾在公司楼下的那家小吃店就餐。一份拌面，一个蒸汤，收费9元。

时隔数月。复而光顾。一份拌面，一个蒸汤，11元。

老板憨笑致歉，对不起，房租涨了，没办法，多原谅，多原谅。

涨多少钱？不禁问道。

去年5万，今年15万。老板无奈，唉声叹气。

我知道，这家店离停业不远了。

又过数月。门前经过，果见关门大吉。拉下的卷帘门敝旧而肮脏，上有“此房出租”字样。顺着电话打过去，一个苍老的声音问，是租房吗？我说是，多少钱一年？老者说，21万。

似被热水烫了手臂，猛一哆嗦，挂掉电话。心头震颤。一个60多平方米的普通店面，每年租金21万，意味着每天每平方米9块多钱。于北京、广州、上海、深圳也不过如此。在这个二三线的城市显然不可思议。

为什么会涨价呢？

因为有需求。你不租有人租，于是房东肆无忌惮。

为什么不到一年，房租就翻了几倍？

每个生意人都含辛茹苦，希望平稳经营。而房东却可以随意变脸、改动价格、撕毁合同。证明这地方的有些人不诚信。

为什么这地方的有些人不诚信？

一定是商业门面少，导致拥有商业门面的人急功近利、利欲熏心、有恃无恐。你不租还会有更多人租！

为什么会你不租还会有更多人租？

因为这地方消费不低。

为什么在“消费不低”的地方竟然还缺少商业门面？

因为开发商不愿意搞商业。商业门面是个很麻烦的事。一租就乱，一买就死。很少有人会像专业的“商业地产”那样去做城市综合体，那是一个来钱慢、费心多的产业。

为什么会有不负责的开发商进入城市呢？

那我就不知道了。我只知道一个小吃店的房租离奇地从 5 万涨到了 21 万。还叫不叫人活！

晒，幸福

不用自己动手，也可丰衣足食。

晚上。

女儿从卧室走到客厅。说，爸给我倒杯水。

她离茶几仅几步之遥，而水、茶都在茶几上摆着。若自己拿壶倒水，比我给她倒水的速度要快出许多。而她，却径直走回卧室。

我问，你不是走到客厅了吗？

她半个背影即将消失在卧室时，发出毫不客气、略带命令、不失礼貌的回答，我不是已经走回卧室了吗！

没有半点忸怩，声音全是自然。一股女儿要求爸爸的霸气，甜蜜地向我袭来。

妻子一旁窃笑。我从容不迫，满心欢喜。为女儿端茶送水。

感触：她，不用自己动手，也可丰衣足食。

中午。

儿子把午饭做好。干煸豆角，西红柿炒土豆片，蒸米饭。米饭盛好，旁边摆上筷子。满头大汗。唤我，爸爸，吃饭了！

干煸豆角内有炸辣椒、炒花椒，见其用心。土豆片切得略厚，西红柿未去皮。却是上好美味。之美，超过酒店中的任何一款烧、烤、爆、蒸、涮之菜品。

两个菜，加一个感动、满桌温馨，与儿子、女儿在讨论菜的做法中享用岁月。

感触：我，不用自己动手，也可丰衣足食。

早晨。

儿子与女儿一早到公园读书。与妻子闻声寻至。儿子正在长椅上大声朗读《大学》，站其身后，竟然毫不知晓。不想打扰他用功，悄然离开。女儿在不远处的秋千上，一边悠然自得，一边背诵《论语》。这丫头，学习也如此多彩！

家有读书郎，外无不顺事。心里有种莫名的满足，这种满足代替了金钱、权力、名誉，还有鲜花和掌声。此乃精神饕餮。

感触：家，不用自己动手，也可丰衣足食。

这，应是幸福吧。

优秀的风险

如同想看清纯到电影学院，想看性感到车展，想看放荡到红灯区一样。

中国优秀的人在哪里？

一批有识之士进了政府、当了公务员，一批有志青年进了部队、当了兵，一批才高八斗的人进入大学、当了教授。社会上还有一批贤达人士，加入了民主党派、当了政协委员。其他行业、领域中散落的黄金寥若晨星。偶尔有几个看破红尘的大家，出家当了和尚，到寺庙烧香念经、著书立说。

流传着俗不可耐却道理鲜明的话：一个人能走多远，看你与谁同行。

有些人还想更优秀，便摸到一扇大门，就是到高校、名师培训班去学习。大约等于，收费越高人越优秀。学费一涨再涨。从几万到十几万，再到几十万，又到上百万。课程基本没变，只是讲课人有了调整。讲课人是一批比听课人更优秀的人。

培训班最直接的目的不是学习，是比优秀，交优秀。因为钱是衡量优秀的绝对标准。如同想看清纯到电影学院，想看性感到车展，想看放荡到红灯区一样。想结识优越，交钱上学！而培训班是要大价钱的，没有钱是绝对不行的。优秀的人想与优秀的人在一起，便可能产生暧昧、谄媚，滋生腐败。

政府领导哪来几十万的钱上学？企业家为什么要花几十万上学？当

然不排除有学习交友、修身养性的真人。但，相当一部分人游离在人情关系上。你认为人情不是腐败的根源？

有钱，当然可以交高友，但未必交得真友。当然可以上天价培训班，但最好不要被人利用，或想着利用别人。因为，优秀是有风险的，成本也是极高的。风险在哪里？您懂的。

女儿的成绩

之所以不愿意上那种很贵的补习班，就是想给自己一个清白！

女儿没有考上那所众多人都想上的初中。妻子叹息，甚是烦恼。想，在姥姥家的女儿也定是愁眉不展。

把电话打给女儿告知其结果。电话里停顿片刻，稍后便语言清冽，字字铿锵：我想到结果了，但不后悔。

妻子打开免提，问：为何？

女儿说从考场出来的时候我感觉良好，但同班同学有好几个都很兴奋，说正好有补习班压上的题。有的压上一两道，有的压上两三道。您知道他们为什么能压上题吗？

妻子说：那个补习班很贵，让你上你就是不上。

女儿说：您不认为这是花钱买题吗？我上的是学，做的不是生意。现在可以压上题，高中能压上吗？高考能压上吗？走上社会还能压上吗？之所以不愿意上那种很贵的补习班，就是想给自己一个清白！

听得我有些感动。是呀，压题是投机，人的一生不能靠投机生存。如果你的知识掌握好了，心态摆好了，良心放正了，格局放宽了，还用压题？

突然想起北宋词人晏殊。十四岁时，有人把他作为神童举荐给皇帝。皇帝召见了他，并要他与一千多名进士同时参加考试。结果晏殊发现试题是自己十天前刚练习过的，就如实向真宗报告，并请求改换其他题目。宋真宗非常赞赏晏殊的诚实品质，赐其“同进士出身”。

女儿虽然没有晏殊的气魄，但这种自信和尊严着实让我欣慰。

女儿说：爸、妈别着急，考高中的时候，我再比一把。请等着吧！

让你一次疯个够

当你过足瘾，逞够能，耍完酷，你老了、死了、魂散了，你的后代死定了！

名校毕业生钟爱外企。

为外企卖命的同时是在和国内企业抢夺业务。吃着自家饭，睡着自家炕，吃着妈的奶，却费尽心机、呕心沥血地蚕食自家兄弟的饭碗。更可怕的是还欣欣向荣、引以为骄、毫不知晓。

于是。

人们特喜欢名牌。

名牌，大约等于国际的，非国内的。商人有智慧，把名牌从国外引进，征地、盖房、减税，用中国的劳动力服务外国的品牌，然后卖给中国人。中国人买了之后心里就踏实，面子就荣光。在国内品牌前就趾高气扬、不屑一顾。而本应扬眉吐气的国内品牌，却显得力不从心、羞于见人。

我说。

品牌扩张也是国际战略。赚了你的钱，占了你的身，还侵了你的心。有个怪象，从商家到消费者，对了，还有媒体，都喜欢为国际品牌服务。

当满大街都挎着几万元的外国包包，穿几万元的外国服饰，开百万元的外国汽车，戴百万元的外国手表时，这社会快要完蛋了。谁让社会完蛋了？当然是你自己！

当你过足瘾，逞够能，耍完酷，你老了、死了、魂散了，你的后代死定了！

人们明白了转基因侵略，明白了文化侵略，但忘记了“虚荣”侵略。中国人不是讲面子吗？好吧，让你一次疯个够！

妈与老婆

用自己的软弱、糊涂和出卖妻子的缺点来取悦母亲，无形中制造了婆媳矛盾。

年轻人苦恼。苦恼于老婆不懂事、不孝敬、不听话、不时尚、不大方。

年轻人后悔。后悔于与之结婚，与之生子，与之曾经激情、现在无奈。

老婆做得差？我问。

是，最不懂事就是经常与我妈吵架，我妈住院，她都不去看。

她为何要去看你妈？

因为她是我妈儿媳妇！年轻人义愤填膺。

但，你妈不是她妈。因为你才和你妈有关系。你让你老婆满意吗？你让你老婆幸福吗？你让你老婆放心吗？

这，这有关系吗？

有关系。若你做得不好，她为何要去孝敬你妈？若没有你，你妈跟她有何关系？

但，但，我妈生我、养我、供我上学、为我上班呕心沥血，我怎能不孝敬我妈？

你妈是女人，你老婆也是女人，你是男人。两个女人争一个男人你知道吗？

啊？！年轻人疑惑。

是，当妈的糊涂，糊涂于儿子已长大成人、结婚立业，却依然把其当孩子看。告知儿子当妈的不容易，你一定要孝敬我，于是儿子跟着糊涂。一糊涂，两口子便吵架。

啊？！

你这是不孝敬！

我很孝敬。给他们买吃、买喝、买礼物。

但你让父母操心、着急、担惊、受怕。生活里父母是第三，孩子是第二，妻子是第一。

啊？！

珍惜妻子，管好儿子，父母才能高兴。让父母高兴才是基本的孝敬。而你，却用自己的软弱、糊涂和出卖妻子的缺点来取悦母亲，无形中制造了婆媳矛盾。对父母，是不孝。对妻子，是不忠。

啊？！

好好孝敬父母吧。前提，先照顾好老婆！

我之不及

文人相轻，而后相重。以文会友，以友辅仁。

今日。

又回学校，与同门学弟小叙。神交已久，谋面曲指可数。

晚间。

另一朋友与我聊天，说那学弟在微信朋友圈中推荐我的“微国学”公众账号。

我事前没要求，他事后未相告。而是从另一个朋友的口中无意传来。他在帮我。心里不只感动，还有佩服。佩服其敦厚、稳健、细心、利他。

想他帮助我应不是刻意，而是习惯。如见面说“你好”一样的习惯。这习惯应是帮了很多人，而帮过的人也未必能一一记起。这习惯是文明，是高贵。

文人相轻，而后相重。以文会友，以友辅仁。

作家和学者容易事后论人和局外论人。议论短长，相较高下，嫉妒诽谤，捕风捉影，无中生有，有了还无。生出众多是非和流言。事后论人，每将智者说得极愚；局外论人，每将难事说得极易。不实事求是论人者多为不忠不恕之辈，乃世人之大通病。

此学弟非大德名家，道人之善竟如此寻常、高尚。修养、教养、涵养，我之不及。

可怕的围观

我不能用坏人来形容你们，害怕你们把坏人这词给糟蹋了。

陕西汉中一妇女因债务问题欲跳楼轻生。公安和消防紧急救援，楼下大批群众围观。刚刚放学路过的许多小学生昂头齐声高喊：“跳啊，赶紧给哥跳啊。”“这个太好玩了，就是吊人胃口。”

小学生们的无知与冷漠让人震撼，孩子们的心中怎么没有丝毫对生命的敬畏？

无独有偶。

国内某大城市有人跳楼。围观者众多。有小伙子把汽车停在一边高喊：“要跳就赶紧跳，我上班快迟到了！”原来他是等着跳楼者生命坠落，看其尸横马路，才肯离去。

有老大娘看累了，干脆回家拿板凳、端茶水，边唠家常边看跳楼。实在忍不住了，对楼上人喊：“我看都看累了，你站着累吗？跳下来就轻松了！”周边传来一阵嬉笑，还有人模仿日本电影《追捕》的台词：“跳呀，你倒是跳啊，朝仓不是跳下去了吗？堂塔也跳下去了，现在请你也跳啊。怎么不跳啦？一直往前走，不要往两边看。你看，多么蓝的天呀，跳下去，你就会溶化在蓝天里。”

……

小学生、老大娘和上班男，我不能用坏人来形容你们，害怕你们把坏人这词给糟蹋了。因为坏人也有对同胞的同情与关爱，而你们，生活在人群中人性却少得可怜，像看相声和小品一样期待一个生命逝去。

禽兽不如。滚远点！不怕那生命跳下来溅你一身血，化作鬼走入你的梦中吗？

洗袜子

为人家洗尽一生岁月、不老青春，把人家洗得优雅从容、美丽大方。

儿子：为什么我自己洗袜子，您却用我妈洗袜子？

爸爸：因为我有老婆，你没有。

儿子：你是说，我以后也找一个愿意给我洗袜子的女人？

爸爸：是。是心甘情愿，洗了袜子还高兴的那种。

儿子：有点不好吧，那我们为人家洗什么？

爸爸：为人家洗尽一生岁月、不老青春，把人家洗得优雅从容、美丽大方。

2014.6.23

谁在和我们抢夺爱情

孤男寡女、干柴烈火怎么就燃烧不起来？

公园中。

长椅上。

一对青年男女亲昵。

女孩半躺在男孩怀中。男孩的手并没有放在女孩脸上、脖颈、头发或其他该放的地方，而是拿着手机用心玩阅。再看女孩，双手也持手机随心所欲。二人似全然忘记彼此，任你男帅女靓、一刻千金。

这，这亲昵不浪费了吗！

想象中二人应有多少动作、多少柔情、多少私密和怦然心动？孤男寡女、干柴烈火怎么就燃烧不起来？

忽想起典故：坐怀不乱。

春秋时期的寒冷冬天，柳下惠与一女子相拥一夜也未发生男女性事。被后人广为流传。但，柳先生是为救那过路女子不得已而为之。据说也咬紧牙关挺住，差一点没挺住。不是不想，而是身为一代贤士，不能呀！

那女子，虽与柳先生萍水相逢，但毕竟是凡人之躯，也能感受温情与热烈。后来好长时间抑郁，是自己身材不好、相貌不佳吗？

几千年的中国社会，莫说常人，即便伟人，但凡男女一起，或演绎一场缠绵悱恻的爱情故事，或纠结成“不爱江山爱美人”的悲壮历史。

纣王与妲己，周幽王与褒姒，夫差与西施，项羽和虞姬，貂蝉与吕布与董卓，唐玄宗与杨贵妃，吴三桂与陈圆圆……

“冲冠一怒为红颜”已成历史喽！

今天，一对青年男女看似亲昵，却不亲热，却不亲密。是谁在和我们抢夺爱情？

儿子，爸只能做到这了

十七八的孩子要时刻把关，一不留神就走入歪道。

上高中的儿子有早恋倾向。

早晨写了张纸条送给他。“孔子曰：君子有三戒：少之时，血气未定，戒之在色；及其壮也，血气方刚，戒之在斗；及其老也，血气既衰，戒之在得。”

中午与其交流。儿子说明白大体意思。我从五六十岁贪官讲起，又说了三四十岁青壮年的冲动，最后落定到少年的“好色”上。

十七八的孩子要时刻把关，一不留神就走入歪道。

孔子早就讲过：君子有三种事情应引以为戒：年少的时候，血气还不成熟，要戒除对女色的迷恋；等到身体成熟了，血气方刚，要戒除与人争斗；等到老年，血气已经衰弱了，要戒除贪得无厌。

饭后继续手书谏言，轻放于儿子房间：年少时，想获得真正的爱情，就是不去谈爱情。当你长大后，有了实力，成为一个有诚信、能负责、还忠诚的男人时，爱情自然会来到你的身边。切记：年轻时、学校里，只有情，少有爱。你当然不愿意在没有爱的婚姻里生活吧？

儿子，爸只能做到这了。

2014.6.13

到底有多难

把难，变成容易；把复杂，变成简单；把不可能，变成可能。

高考学生从考场出来就骂街，今年题太难了！

难，证明和高考博弈过。骂街，证明难分高下、胜败不知，或处于劣势。

难，就对了。人生能有几回难，少年不难何时难？

到40岁再难，老婆孩子都养不了。到60岁再难，生活尊严都成问题。到80岁再难，回忆少年、悔恨当初，若少年时不玩乐、不丧志、不喊难，何至于现在这样难！想死，死不了；想活，活不成。还好，再难几年，人生就到头了。死了就不难了。但，你的子孙更难！

为了长大，为了变老，为了以后，为了家人，为了子孙，现在难点吧！

顺便说一句，如果别人都觉得难，而你却认为不难，那你一定是胜利者。

人活一世，不就是为解决问题来的吗！把难，变成容易；把复杂，变成简单；把不可能，变成可能。

幸福真简单

嘻嘻哈哈过生活，高低贵贱无所谓。

朋友的皮鞋破很久未保养。鞋底张开，走起来与路摩擦，唰唰作响。但表情舒悦，面部健朗，咧嘴便笑，胡子拉碴却掩藏不住淳朴和天真。这张脸怎么看都像个把月未洗。

有人问，鞋子为何这样破？

他答，凉快。

人问，不太好看吧？

他说，我穿鞋，是为你眼舒服，还是为我脚舒服？

……

那日他从奔驰车上下来。

有人问，这车是你的吗？

朋友说，是。

人问，你这打扮能开得起奔驰？

路遇警察。查驾驶证、行车证、身份证。确认无误，放行归家。

我与之喝酒。有些奇怪，五十几岁的人了，每天经营、管理、应酬、喝酒、操心、费力，这样累，竟然身体无恙？血糖、血压、血脂、血黏度，一切正常！

问他如何保健？

他说不知道，就是嘻嘻哈哈过生活，高低贵贱无所谓。对员工好一点，对客户好一点，对朋友好一点，对亲戚好一点，对儿女好一点，对妻子好一点，对父母好一点，对社会好一点。哦，对了，对自己也好一点。

我懂了。这叫豁达，叫旷达，叫通达。这叫无悔岁月，幸福人生。

画家与狗

奇怪，狗丢了晓得找回来。良心丢了，却不知找回！

某画家天资聪颖，小有名气。

那日用餐，见其抬高自己、贬低别人，甚是轻狂。在座前辈微皱眉头，摇头轻叹。

画家模仿老师作品惟妙惟肖，令人难辨真假。听说私刻老师印章，在黑市中充当老师遗作出售。一年间豪车、别墅均享。

不禁大惊。此乃欺师灭祖之行！

回到办公室，把他送给我的画自墙上悄然取下，令其偏安一隅。

画再好，人品差，是死路。

下午，见他在烈日下匆匆寻觅。问他找什么？画家面露急色，说狗丢了！

有些奇怪，狗丢了倒晓得找回来，而本心迷失了却不知找回。仁，是人的本心；义，是人的大道。放弃了大道不走，失去了良心不知找回，找狗何用？

画画、书法、写作、医术和教育都是学问之道。学问之道为的是让良心清凉，没有负担。若被烈日烤化、与狗同失，还当什么“家”？

2014.5.20
@tjmyuan

到国外去爱国

有些钱是利用关系和机会赚的，有些钱是用破坏生态和残害生命赚的。

朋友欧洲 10 人 10 天行归来。说这帮家伙在瑞士消费生猛，自己都看不过眼了。

3 万 5 万或 8 万 10 万或 20 万 30 万的表人皆买之，且不只一块。大有暗中攀比之嫌。后出手的总比先出手的花钱多。先出手的就再回回手，花点钱把“面子”找回来。

我问他此行都有谁？他报出人名，我黯然许久。有开矿的、做石油的、搞房地产的，还有搞小额贷款的。

这些行业都是支持中国 GDP 的主要产业，赚的都是国人的钱。却到国外一掷千金，增加人家的税收和 GDP。说还有人给导游、导购小费，出手大方，动辄 100 欧元。

谈到 GDP 我就有些惊恐。

有人说中国马上就要超过美国，成为世界上最富的国家。不知道哪个“专家”大脑进水、麻雀聒噪。

GDP 有用吗？

美国和日本今日 GDP 的组成是信息产业、航天、航空、航海、文化、生物产业、现代农业和大型机械制造业，对了，还有军火产业。这些产业，平时都具有世界扩张性，都能以暴利赚取世界的钱。若战争一起，皆能转化为国家军事实力。消灭、镇压敌国，掠夺、蚕食财富。

我们的 GDP 呢？

房地产和资源占很大比重。有些钱是利用关系和机会赚的，有些钱是用破坏生态和残害生命赚的。

从中国赚完钱，就到欧美、日韩去花。一掷千金地花。哦，对了。最近中国有一个 IT 企业扬眉吐气地在美国上市了。新闻媒体报道追踪，企业人士效仿点赞。这老板一下子成为中国首富。几百亿美元身价！但，控股是日本，其次是美国。

这位“中国首富”仅占 5.6%。奇怪，这发展迅猛的企业，被数以亿计中国网民消费支撑，甚至被誉为传奇神话，是中国的种，枝繁叶茂的阴凉却被外国人享受。

而你，还在欧美疯狂地花钱，还在讲台上声嘶力竭地喊着“爱国”。

花儿的力量

活出精彩，活出品位，活出品格。死而无憾，死而有德，死得其所！

湛江 11 岁小孩梁耀艺身患绝症，决定死后捐献肾脏和肝脏。

问起为什么要做出器官捐献的决定，小耀艺告诉妈妈，来到深圳后看到有很多人献血，很多人做好事，我觉得他们都很伟大，我也想做一个伟大的小孩。

被孩子的决定震撼，在心里默默地鞠躬致敬。乘风而去的天使，叫我如何不想他！

在深圳，这个经济极度发达的城市。在中国，网络负面信息不断，每天都有贪官落马，这时突然开出一朵小花，这小花没有开在温室之中，在墙角、在路边、在阳光下迅速绽放，绽放成无私和伟大。这种伟大，没有精心培养，没有悉心呵护，没受过高等教育，没享过富贵奢华，甚至都没有走出过深圳。这是纯洁的伟大。把社会一隅点亮，如星星之火，燎原中国。这是猝不及防的伟大。我，我们，成人，老人，高贵之人，被这突如其来的伟大冲击得一个踉跄，差点摔倒。瞬间清醒。自惭形秽，我不如他。

有人说梁耀艺两个器官最少救两个人。我说不，何止两个？他救了成千上万的人。救的是心。让这朵伟大的小花开放在人们心灵吧！

被震撼者是被触动了良知。我做得到吗？我的孩子做得到吗？您做得到吗？

我不知道，或许我现在还没死。但活着的人被震撼心灵，被触动良知，被伟大袭击。让我们惊醒，原来可以这样活！

活出精彩，活出品位，活出品格。

我不知道，或许我现在还没死。但死的时候要自省，要谨慎，要无私，要有所忠告。让我们惊醒，原来可以这样死！

死而无憾，死而有德，死得其所！

想把这篇文章写给小耀艺的父母。儿子没有死，只是换了一种方式活着。您悲伤，我与您一起。但您要坚强，我也与您一起。您还要欣喜，因为您的儿子拯救了一种人的心灵，这种人代表着千万人。我与您一起，一起怀念，一起欣喜，一起感谢，一起呼喊：德兮，归来！

说文

高考

万人洗脚“孝敬”了谁？

是我们的文化缺失了。是我们的文化被外来文化侵略了！

江西宜春的城市营销总会出人意料。

4年前推出雷人广告语“一座叫春的城市”，虽有不雅，却津津有味、字字有理，这城市就叫“春”嘛！

新闻说，在明月山温泉风景区广场，一万多孩子给父母洗脚。说是“百善孝为先”“百行孝为本”。在全国上下弘扬传统文化的日子里，这下宜春又火了一把，而且明月山风景区的大名也不胫而走、声名远播。还特意请来了世界吉尼斯总部工作人员在活动现场仔细统计与核实，创造了“最多人洗脚”世界吉尼斯纪录，并颁发了证书。

孩子给父母洗脚是件平常事，也是困难事。因为父母用不着，孩子想不到。但有些奇怪，本来应在家里做的事，为何要跑到大庭广众下一块起哄做？若单纯为了世界吉尼斯纪录，下一步该有城市搞两万人撒尿了。

父义、母慈、兄友、弟恭、子孝，称为五常，也有仁、义、礼、智、信之说。想宜春市有关部门应是好意，为了恢复或提醒一下“以孝为本”。但仅凭轰轰烈烈地洗一次脚就可以让孩子孝敬吗？

有所担心。担心万人洗脚后，回家的父母欢天喜地，带着有“出息”的孩子去肯德基、麦当劳、星巴克消费，然后到影院，看美国大片和青春偶像剧。

宣扬什么就缺少什么。因为孩子缺少孝敬之心，宜春市才用心良苦地搞出此举，估计累坏了警察、教师，民政局、文化局、城管队和宣传部的同志们。

孩子为何缺少孝敬之心？因为父母缺少孝敬之心。为何父母缺少孝敬之心？因为社会缺少孝敬之心。为何社会缺少孝敬之心，因为大家都在忙着赚钱、当官、出名，有时间了带着孩子去肯德基、麦当劳、星巴克消费，然后到影院，看美国大片和青春偶像剧。

是我们的文化缺失了。是我们的文化被外来文化侵略了！

有些人特别喜欢“国学”。穿国学衣服，行国学礼节，搞国学活动。但只动其表，不尽其里，岂不徒劳！

若参加“万人洗脚”的孩子和父母都懂得“父义、母慈、兄友、弟恭、子孝”和“仁、义、礼、智、信”，还有必要到大街上演绎“世界吉尼斯”吗？

真心希望洗完脚的孩子和被洗的父母，枕边、案头能有一本国学的书，认真地学习、使劲地理解、发自内心地去做。

都是虚荣惹的祸

原来保安不是给我敬礼，是给车敬礼。

常见有买宝马的人做奇怪动作。若是3系或5系，就把车后的“3”或“5”去掉，只留下宝马荣光闪耀的LOGO。

为何？

大概是不想让人看出自己车小、钱少、人贱。去掉“3”或“5”之后，普通人只知是宝马，不懂几系。于是，就可以名正言顺、大言不惭、十分谦虚地说“就是辆宝马”。

在北京见过一个更为可笑的事，明明是奥迪A8，却把后面标识改成W12。啥意思？100万的车和200万的车身价不一样呦！

10年前，一哥们把一款国产车改成宝马。且那款国产车就是模仿宝马的流线、大小生产的。商家真坏。出的不是好点子，尽是馊主意！

男人都有过类似痛苦。变着心法买好车、豪车，为社交、公关、做生意方便，让自己崇高的自尊聚集在一辆能多高级就多高级的车上。而有时偏偏就管用。谈生意、搞合作看实力。实力的第一象征就是吃饭有无燕鲍翅，喝酒是否上茅台，座驾荣光到几分。

那天，开一辆很破的车回别墅。保安死活不给撩杆，一个劲盘查身份，老半天才肯放行。又日，开那辆鲜光靓丽、价值上乘的车，保安就敬礼。原来保安不是给我敬礼，是给车敬礼。

老板们手里有钱了，不再讨论车子，而是说表，说腕子上带的珠子和腰间把玩的玉石。几万，十几万，几十万，几百万。分明又是一种比较，比有钱，比品味。

如今，好像这些都不怎么比了。比素净。穿布鞋，着唐装，谈读书。

那天到一老板办公室，书架上满满都是线装书。一套万把块，几百套应是几百万。

我说你平常读书吗？他说读呀，我昨天还在读腾格尔的书。腾格尔不是歌手吗，他能有什么书？我奇怪。见他从书柜里取出黑格尔的《小逻辑》，说你看，就这本！

看完我差点哭了。伟大的德国哲学家黑格尔去世近 200 年了，不幸躺着中枪，与我们生活里那唱歌的腾格尔混为一谈了。

都是虚荣惹的祸！

人的一生，是在不断满足需求中度过的。但，有的人是在追求虚荣中度过的。

上学，择偶，交友，工作，以及社会百态，若撕开虚荣与虚伪的面纱该多好！

忘我

幸好没有落井下石，但你已经兔死狐悲。

那个你不喜欢的人出了事故，你说善恶有报。那个你羡慕甚至嫉妒的人夫妻离异，你拍手称快，说让你优秀！10年、20年或30年前的情人早已不再理你，而且冷漠以对，你说此人无情，喜新厌旧。那个无论出于什么原因出手相帮之人，有一天没有帮你，你心中有恨，说人情淡薄。

……

突生一词：幸灾乐祸。幸好没有落井下石，但你已经兔死狐悲。

生活里，天地间，有一个可怕的人，一个可恨的人，一个可笑的人，一个可悲的人，这人是——我。

因为把“我”放的位置高于一切，便把一切都用我来衡量。逆我者亡，顺我者昌。笑我者贼，赞我者亲。我，极为聪明。

聪明之人常被聪明耽误。耽误了时光，耽误了事业，耽误了友谊，耽误了爱情，耽误了婚姻，耽误了生活，耽误了生死。

我，至高无上。凡事从我出发。合我意者，是好人。乱我心者，乃坏蛋。

我行我素，唯我独尊，时不我待，尔虞我诈，你死我活。说的都是我。

都想为了我好，使劲张扬自我。一切为我，如同作孽。天作孽，犹可恕；自作孽，不可活。人不作祸，怎能疯狂？人不疯狂，如何灭亡？

想活？忘我。

如何忘我？

忘功名，忘权势，忘情色，忘得失。

如何忘我？

顺天地，顺自然，顺人情，顺凡俗，顺高雅，顺该顺之人、该顺之事。

一忘，一顺，便是忘我。一旦忘我，便有人念你，爱你，疼你，助你。忘我者糊涂。所以难得糊涂。

谁的孩子，谁的爹

快引火烧身了，还在隔岸观火，这比坐井观天悲哀。

成龙道歉，是因为儿子房祖名吸毒。即便教子无方，伤害的是自己家庭。李双江道歉，是因为儿子李天一强奸。无论如何辩解，伤害的是别家少女。

但。

他们都伤害了社会。社会所受伤害之大，在于楞没有人知道自己受伤害。还有人欢喜地在淘宝上出售明星在拘留所内穿的囚服。

黑白不分，真假难辨，丑恶不知。明星的恶习也是粉丝模仿的对象？

直到有一天，自己吸毒、强奸或被人强奸时才发现这游戏是个错误。玩不起，失自由，能丧命！自己爸爸连到媒体上道歉的资格都没有，还追星？

整个社会被人抽了个大嘴巴。晕头转向后却不知是谁抽的！

昨天刚开了大学生创业会。有些担忧，若孩子们创了业，有了钱，去学习明星吸毒，去效仿名人强奸，去到三里屯喝酒，喝完酒唱歌，唱完歌打架。咋办？

您说这是个案，世界之大无奇不有，三五个明星纵情不至于大惊小怪。

还是个案？快引火烧身了，还在隔岸观火，这比坐井观天悲哀。一旦发生在自己孩子身上，哭都来不及！

别闹了，别笑了，别再做歌星、影星、模特梦了，也别打着公益的旗号为自己谋福利了。好好管管自己孩子。管孩子时先管好自己。

一个人，还是很多人

你是做一个服务大家的人，还是做一个被大家服务的人？

女儿抱怨，为什么一家人吃饭，我一人刷碗？

儿子理论，为什么我一人做饭，全家吃？

妻子跟随，为什么我一人洗衣，全家穿？

我也开玩笑，为什么我一人赚钱，全家花？

……

老师是一人讲大家听的吧？

女儿点头。

汽车、高铁、轮船都是一个人开大家坐吧？

女儿点头。

城市有一个市长，部队有一个司令，国家有一个主席，这就是领导。领导是领路人，也是决策者，更是服务员。

那服务员是领导吗？女儿反问。

生活中，一个人能为一群人服务证明他是有能力，有责任，有用处，有活力的。若一群人都为一个人服务就比较麻烦。

为什么？

比如婴儿和不能自理的老人，需要几个人照顾。比如病人，医生和亲人都为他服务。比如死人，活着的亲朋都为他送行。还比如坏人，好人都要为他操心、担心。再比如恶人、暴恐分子，几万人围堵，将其捉拿。

你是要做一个服务大家的人，还是做一个被大家服务的人呢？

2014.8.23

不要怕

就不信，区区几个蟊贼能搞乱新疆？就不信，蟊贼背后的阴手，能搞乱中国？不要怕，谁伸手就剁之！

到新疆。

下飞机时已是晚上9:30分。天还大亮，才知这里与京津有两小时的时差。眼看着高远彩云、硕大红日慢慢消失。过10点，天色还有不甘寂寞的余晖。

新疆有暴恐。

妻子说下飞机买把刀。妈说已经给我祷告，求神保佑。爸说走路做事机灵点，别总慢半拍。

估计同行伙伴亲朋也会叮嘱、劝说。

全国上下，提“恐”色变。

暴恐有那么可怕吗？

几个人持刀带棍，连杀带砍，伤害无辜大片。被伤害人群中竟没有或极少有人还手。为何不群起而攻之？因为怕。实际，怕的不是暴恐分子，是怕自己性命丢失。如有可能，自己跑得快些，让无人性的血腥沾染自己后面的人。侥幸逃脱、劫后余生不是智慧和勇敢，而是比别人跑得快、力气强、眼神好。

大家都在跑吗？

狼吃羊，是因为羊弱小。众羊齐心合力也会战败饿狼。暴恐分子是人，我们也是人。怕为哪般？

自古有兵败如山倒之说。当一个人逃跑，第二个人跟着跑，就有一批人跑。任你十万大军，也会溃败不堪。清点伤亡时，有些人竟然是被自己人踩死的。

若不给暴恐分子可乘之机呢？见之齐声喝骂，先丧其胆，再治其身。大声骂，随便骂，骂多狠都行。然后，拿商店中桌椅板凳，捡路边砖头瓦块，取车内灭火器，以及身边一切可利用之物，或冲上前去，或与之对阵。实际，警察早就各就其位，还用得着人民大众四散奔逃！

就不信，区区几个蟊贼能搞乱新疆？就不信，蟊贼背后的阴手，能搞乱中国？不要怕，谁伸手就剁之！

当然，要首先保护自己。可以躲，可以藏，就是别怕。你一怕，腿就软，心就虚。于是就被敌人收拾了。

我们是有力量的。别去骂自己人，别脚下使绊摔自己人，别用尽心机算计自己人，别见了暴恐分子不分三七二十一、看谁跑得快，伤了自己人。

杀村主任的刀

鱼见诱饵不见钩，老虎见羊而不见陷阱，大猩猩光顾偷喝人家的酒，忘记拿命来交换。

村主任侵占了鱼池，变卖了土地，承包了工程。几年下来赚得盆满钵满。想当初选村主任时猛拉选票，给老百姓买油、买面，还给钱，所花的一百多万元早就赚回来了，回报率远远不止几倍。更可喜的是还当了市级劳模和全国劳模。名利双收的快乐享受了两三年。

可是。

最近总做噩梦，神情恍惚。因为有人告状，说自己贪污受贿，且生活作风有问题。告状人到乡里，乡里便把其劝回来。告状人特执着，说要把电话打给中央巡视组。恰恰，中央巡视组正在此市。

坐卧不宁的村主任给了告状人 10 万元当作封口费。告状人一下子从村里摇摆开来。逢人便讲自己威武。

村主任想，完了，这下告状人一定多起来。到自己给不起钱的时候，还是要接受法律制裁。混一天算一天吧！怎么就走上了这样一条不归路？

都怪自己，日子好好的，竞选什么村主任。如一条鱼见诱饵不见钩，如老虎见羊而不见陷阱，还如大猩猩，光顾了偷喝人家的酒，而忘记了酒后的代价是拿生命来交换。

现在，说什么也晚了。中国那么多城市，巡视组怎么就偏偏到这里呢！

村主任想找领导说情，没用。想找黑社会小弟拿主意，因为竞选时给过他们不少钱威吓村民，但“小弟”们说自己也泥菩萨过河自身难保，但凡沾染过一点灰色收入的人谁不怕巡视组！于是村主任想出国，但知道自己如《西游记》的孙悟空，任凭一个筋斗十万八千里，能跑出如来佛的手心？

村主任突然想起一成语：人为刀俎，我为鱼肉。

他知道，自己只能任刀宰割了。但自己这块肉不是什么好肉。而杀他的刀，是把正义之刀。

小说房地产

一个畸形儿长大，谁都知道意味着什么。

高速公路上的广告牌空得越来越多。租金从一年十几万降到四五万依然无人问津。广告公司老板说，都因为房地产市场不景气！

仔细一想，大幅广告牌、城市中央电子屏幕、广告 DM 及地方电视台黄金时段大多是靠房地产支撑的，如今房子卖不动，广告无活力。

原来，房地产是广告业。

银行着急。突然之间存款冷清，是因为房子销售受阻；贷款出不去，是国家政策有规定，不能贷给房地产企业。存款上不来，利润又遇挫，银行怎么活？

原来，房地产是金融业。

做钢材生意的朋友，以前的年销售额都过百亿。如今，房子落价，钢材价格直线下降，早就资不抵债。眼前面临两条路，或者还款，或者跳楼。难呀！

原来，房地产是钢铁业。

政府的 GDP 受连累，因为房地产不景气。某大画家的作品从 100 万每幅降到 50 万每幅，购买的人还迟迟不愿意出手。

原来，房地产是 GDP，是书画艺术，是娱乐服务。

听说，那位开发商朋友自民间借了 3 个亿资金周转，每月的利息是

1500 万。羊毛出在羊身上，最后还不是从所卖的房子上做文章。

拆迁的那些村有点乱。每家领到百十万的拆迁款，住上新楼房后觉得生活真幸福。于是，赌博、打架、嫖娼、离婚的越来越多。我活着舒服就够了，还管你下一代死活！

房地产是个能发财的买卖。房地产老板，会发财。买房后再卖房，会发财。就连中介，倒腾二手房也会发财。据说，中国有一大批人都靠房地产发财了，是几百万人还是几千万人，不知道。

但，如果每个人都想发这笔财，就会成畸形。你看，畸形儿感冒了，这么多人寝食难安，坐卧不宁，有的都吃不上饭了。

我，跳舞了

大俗即大雅，大雅亦大俗。不俗即仙骨，多情乃佛心。

原意在舒缓的音乐中打太极，没想被妻子拉入奔放的广场舞中。

面对公园内百八十个妇女，压力巨大。从二三十岁到七十多岁，高矮胖瘦、丑俊黑白，形色、神情各异，与音乐一同旋转在广场上。

我紧随其后。一股强大的女人气场带着我磕绊前行。刚开始觉得自己是男人，后来觉得自己是女人，再后来觉得自己不男不女。一个男人和一百个女人在一起跳舞，还分男女？

心中纠结。

纠结于广场舞平俗，参加人士成分复杂。自觉儒雅，纵横捭阖于文化、经济、政治中，却心术不正，跳舞不端。总跟不上节奏，动作怪异僵直，致使旁边女人如看小猴玩耍，哈哈大笑。

听到笑声反而轻松起来。世上还有什么比不去计较倒数第一更为坦然之事？于是，尽情扭腰、转胯、抬手、踢腿，不觉中颈椎和肩轻松许多。

工作、学习都可以比名次，唯独休闲不用记分数。身在哪里，心在哪里；玩到何时，算作何时。累了就歇，饿了就吃，困了就睡。

打太极会有道骨仙风之感，吟诗作对的是鸿儒硕学之士。但广场舞与跳秧歌也是民间大成的学问和活动。在锻炼身体、促进家庭和谐上异曲同工，能有几分区别？

大俗即大雅，大雅亦大俗。不俗即仙骨，多情乃佛心。

狗可以看家护院，但仙鹤却有仙气雅韵的飘逸。鸡鸭可以炖肉，但翱翔的海鸥则有忘机得趣的自由。

但你说哪个管用？哪个都管用。梅兰竹菊可怡情，萝卜白菜保健康。人，此一时彼一时，早一时晚一时，外一时家一时。转换角色是一种柔软的，但极具水平的功夫。

“琴棋书画诗酒花，当年件件不离它。而今般般皆交付，柴米油盐酱醋茶。”

跳舞就跳舞，咋那么多话！

舟之悟

心中无惧，并非轻狂无度、胆大妄为，而是有格局，有见识，有内心的稳重与对大势的把握。

运河边。

风特大。浪高三四尺，岸边树被刮得向一面猛倒。我用力眯缝双眼，才看清，对面行人无一不手遮口鼻，躬身吃力前行。

忽见一船。比皮划艇稍长，比独木舟略宽。船者划双桨逆风行驶。速度尤快，旁若无人，操舟若神。当小船在河浪上飘荡而起时，心里为他捏一把汗。

运河虽无长江、黄河之凶险，但河面亦有几十米宽，深度超过六七米。万一不慎失手，后果难以设想。但，无论如何也感觉不出他的恐惧。努力看去，船手还戴着随身听，边划船边摇头摆身，与音乐同步。

真乃高人！

我顶风、跑步与之同行，却被他落出好远。终于到达桥边。他悠然自若，似在等我一般。

先生，你这划船技术太高明了。我可以学会吗？我难掩心中兴奋。

可以。你会游泳吗？

会。

你会潜水吗？

不会。

那你只能学些皮毛，难以精湛娴熟。

我甚是好奇，问为何。

划船是任何人都能学会的，但恐惧却不是每个人都能克服的。在船上最担心的就是掉进水中，所以不敢施展手脚。若会游泳，再会潜水，则心中无惧，即使你不会划船也能出神入化。

船者继续问，会赌博吗？

赌着玩的时候，都自然潇洒、谈笑风生。下大注时，手发抖、头出汗、心发虚者众多。有的战战兢兢，有的神智混乱，有的执迷不悟……

我恍然大悟。

生活里学手艺并非难事，关键是如何克服害怕失败的恐惧。心中无惧，并非轻狂无度、胆大妄为，而是有格局，有见识，有内心的稳重与对大势的把握。不去在乎所得，也不去在乎所失。我们的人生之所以输，很多时候都是输给了自己。

行善与被骗

行善的人有时是自私的。是想借帮助弱者的软弱、残疾、贫穷、孤独和无助，来实现自己的强大。

骗子可恶。但有些被骗的人也好不到哪去。若被骗之人不被骗，下一个人就不被骗。骗子手段平平却屡屡得手，无非是被骗之人心存侥幸、欲望过盛罢了。贪财、求名、好色、占小便宜，总给骗子机会。

陈光标在美国被骗了。花几万美元运作费，被“联合国”潜规则授予了“世界首善”之名。有善意记者侦察，先忠告后揭露。一下子满城风雨，地球人都知道陈光标特愿意当中国首善、世界首善。不知道有没有宇宙首善、太空首善。

陈光标是冤枉的。因为这“世界首善”不是他诚心买的。所谓不是诚心买的，是不像有人从墙壁上、厕所里、马路上寻找办假证的电话主动联系的。而是顺水推舟、半推半就而成的荣誉，得来全不费工夫。

感觉标哥太可爱了。中国穷人有几千万，而您却舍近求远、远赴美国，请流浪汉吃大餐。如同我家邻居，兄弟姐妹都很穷，他总资助贫困生。这不明摆着想“墙内开花墙外香”吗？

有些行善的人有时是自私的。是想借帮助弱者的软弱、残疾、贫穷、孤独和无助，来实现自己的强大。真实目的有三：一、让自己高兴，觉得行善比不行善强。二、披红挂绿，高调慈善，利用行善大做广告。三、害怕受罚。有人害怕上帝、佛祖或神灵不给好的归宿和轮回，有人害怕钱被国家以征税、罚款的形式收回，所以做“放着河水不洗船”之举，搞一个 ×× 基金会。

但。

善欲人知，不是真善。恶恐人知，便是大恶。

由此可证，有些喜欢行善的人多自私，易被骗。

你说，你说

不在于说的人高明，而在于听的人安静。这世界，能说的不如会听的。

参加一以创业活动，主办方新建微信群，大家均在群中。

发现一有趣现象，众人都纷纷介绍自己业务、实力和荣誉。百十个人，独自为战，极少互动。连点个赞、送个花、发个笑脸都没空。一味地、不知疲倦地表现自己。

社会上有一批人，想成功，竟把自己搞得疯狂，变得自私。

自己也曾是个爱说之人。多说必走嘴。一不留神就把人得罪，再不留神就把自己家底抖搂出来了。落个浅薄的名声。用很多年的沉默才还我清白。

后来就少说，就助人。大家都说，唯我不说。于是便有人提议让我说。经人邀请，发表观点。微言大义，落地有声。有人惊呼，高手在此！

什么高手，谁不会说几句经典的话。不在于说的人高明，而在于听的人安静。这世界，能说的不如会听的。你再伟大，说的时候大家心浮气躁，还能有你的位置？只不过是人家都说够了，辩累了，才显得我独辟蹊径、语出惊人罢了。

微信里有个技巧。想表现自己，就去读人家的东西，读后谈感想、说感受。若时间特忙，也要点个赞，事后再慢慢读。几次下来，人家自然关注你。还用扯个嗓子乱说？

说自己强大的，定弱小。说自己善良的，定虚荣。说自己牛气冲天的，可能连根牛毛都不是。

珍重生活

品沉浮、知进退、能舍得、安当下，永远空杯心态。

朋友是国内知名培训企业董事长，全国部分省市领导和众多企业家曾在其处学习过。

初见她时，严肃庄重，大气优雅。后一接触，乐于助人，心怀慈善。昨晚见其团队，姑娘、小伙儿个个精神十足、谦恭有礼。

她说面试时就挑选那些淳朴厚道的小孩儿，跟她几年了，自然也就被自己认真负责、不亢不卑的作风影响。

我也被这种自信、负责、乐观、利他的企业精神感染。

人的傲慢在于不知自己在傲慢。而，有硕然成绩的她却清新、自然、谦逊、和悦。其会议室内挂着名家作品：飞龙在天。

我说“飞龙在天”出自《周易》乾卦，预示着登峰造极、炉火纯青。

她突然警觉，你暗示我莫轻狂？

我笑了，说“飞龙在天”的下一爻辞是什么？

“亢龙有悔”！她突然一本正经，我承受得起吗？

不是已经达到人生的上乘境界吗？这便是我们奋斗后的“飞龙在天”。不躁、不怒、不骄、不馁，是成功者的硬功夫，而你皆已具备，还想怎样？

她长舒一口气。

我送她书法作品：人生若茶，空杯以对。

祝愿好友，也提醒时而自鸣得意的我，品沉浮、知进退、能舍得、安当下，永远空杯心态。

明白她成功所在了。对生活珍重，对客户诚重，对用人慎重，对学习庄重。

子曰：君子不重则不威，学则不固。主忠信。

想，这就是生活与工作了。

信。

男女生活

多香甜的女人都要靠臭男人来伺候。多不堪的男人，都要靠或香甜或粗糙的女人来打理。

读一美女作家写旗袍的书。

质地轻柔，装帧精致，印刷精美。每两页都有她穿旗袍的各式身姿。

笔下静美情柔。写旗袍的款式、神韵、风雅、温度和灵性。时而靓丽，时而幽远，时而性感，时而高贵。时而妩媚中有清高，时而大方里现平凡，时而宁静时含冷艳。

偶尔也会生出做个女人的想法，因见有些女人不会做女人而替她们着急。但想法瞬间消散。或许，还有女人怨我们不会做男人，而生出下一世做男儿的心愿呢。

彼此消抵吧。

形容女人的词多优雅。出水芙蓉，绰约多姿，千娇百媚，倾城倾国，双瞳剪水，小家碧玉……

形容男人的词多辛苦。壮士断腕，才高八斗，学富五车，文武双全，雄韬伟略，运筹帷幄……

男人够累的。

风餐露宿，废寝忘食，夜以继日，含辛茹苦，披星戴月。这小子累得跟孙子似的。

把鸭蛋搞成松花，把豆腐搞成臭豆腐，把曾经的少女搞成现在身边的黄脸婆，都是你们这些臭男人的主意。刚出去打奶，楼下人说，还打奶？现在连公牛都能挤奶了！

但。

最后，多香甜的女人都要靠臭男人来伺候。多不堪的男人，都要靠或香甜或粗糙的女人来打理。

有男有女是生活。怨什么怨，冤什么冤！

懂你

完了。这群学生完了。12 年如一日地学，竟然苦大仇深。

高考分数出来了。

考生、家长心中石头都落地了。当然，有的也砸了脚、闪了腰。

听说某校学生高考完毕，把书撕得漫天飞舞、漫卷西风。那壮观劲头让人湿了眼睛、僵了神经。说是为了纪念，为了庆祝。庆祝什么？农奴翻身得解放吗？这架势，有“大快人心”之举。

听到这消息，我说完了。这群学生完了。12 年如一日地学，竟然苦大仇深。书本得罪你了？老师得罪你了？学校得罪你了？

有人说，你怎不说中国的教育完了？学校、家长和社会一味地把“成绩搞上去”，使众多学生一年一年，在挫败中成长。风霜遮盖了笑脸，他（她）寂寞的心有谁能体会？是不是春花秋月无情，春去秋来，他（她）的爱已无声……

我说，要说你说，我不敢说。

昨晚到朋友家做客。朋友说孩子呢？妻说老大有课，老二有课。朋友说真遗憾。我说不遗憾，我们做客，他们补课。同样都是客（课）。

于是喝酒。

音响传来歌曲：把爱全给了我 / 把世界给了我 / 从此不知你心中苦与乐 / 多想靠近你 / 告诉你其实我一直都懂你……

2014.6.25
@tjmyuan

惦念

从小到大，一直不虚荣，是傻子。从大到老，一直都虚荣，是疯子。

年幼无知不虚荣，因不懂虚荣。

长大后开始惦念，念着有好学校，好工作，好房子，好权力，好财色，好荣誉。

从小到大，一直不虚荣，是傻子。从大到老，一直都虚荣，是疯子。

当人读了一些书，阅了一些人，经了一些事，明了一些理儿，花了一些钱，吃了一些亏，才知道虚荣是要回归的。归到何处？年幼无知之时。最好是婴儿的状态，又叫赤子。孟子曰：大人者，不失其赤子之心者也。

人都要经历一道坎。从小人长到大人，再从大人长到赤子。而有人一辈子都长不大，一直在虚荣中度过。这一生是空虚、虚伪和惨淡的，甚至付出了与阴谋同行的代价。

经历过这道坎的人心里就踏实了，心地就纯洁了，心量就豁达了，就能成大事了。

弟子问禅师：没有悟道之前您做什么？

禅师：砍柴，挑水，念经。

弟子又问：悟道之后做什么？

禅师：砍柴，挑水，念经。

弟子：有什么不同吗？

禅师：悟道前砍柴时惦念着挑水，挑水时惦念着念经，念经时惦念着砍柴。悟道后，砍柴时就砍柴，挑水时就挑水，念经时就念经。

此刻，您有太多的惦念吗？

两种朋友

生活里有两种朋友该果断拒绝。一是不劳而获的，二是居心叵测的。

那日。

将抄袭我文章的人在朋友圈中“劝退”。后来，他又加我为好友，我置若罔闻、视而不见。

文章，是一个作家思想的产物、产品、产业，是送给人类的礼物。你非要抢先一步，提着别人的礼物送人情，还愣说是自己买的。您“花钱”了吗？

又日。

10 年前置我求他于不顾，且冷言冷语、略有鄙夷者提礼物来拜访。说老朋友要多联系，经常从电视上看到你，比原来睿智了、发福了、大气了，10 年前就觉得你的气质不一般，定能成大事。

我微笑相迎，客气相待。临别，送他超值礼物。然后，将其从通讯录中“拉黑”。

生活里有两种朋友该果断拒绝。一是不劳而获的，二是居心叵测的。前者会把你出卖，后者把你出卖后让你帮着他数钱。

利益
求人
被人求
作死

荣誉与鬼

影子丑陋，人能俊美？鬼都不信！

人的荣誉是影子。需在阳光下、众人前才可显现。一个人、黑夜中，要影子何用？

影子是随着人的高矮、胖瘦、大小、善恶映照而成的。影子随着人走，叫如影随形。没见过人随影子走的。若有，是鬼。叫鬼随人行。

既然明白此理，为何还让荣誉带着你走？

你说荣誉不是鬼，是辉煌。辉煌不是影子？鬼才相信！

若真想辉煌，就让自己俊美，于是你的影子也俊美。影子丑陋，人俊美？鬼都不信！

2014.6.18

这世界，不是一个人的精彩

这世界，最悲哀的是明明在撕裂自己，还认为是快乐、是幸福、是成就。

一个人的精彩不是精彩。只想表现自己的精彩，就是想把别人的精彩变成自己的精彩。

世界，是大家的世界。单边，霸权，固执，野心，贪婪，都是自私。自私，又名自撕。自私的人，把功劳都揽在自己身上。殊不知，正狂野地、阴谋地、庆幸地、自以为是地撕裂和蚕食自己。

这世界，最悲哀的是明明在撕裂自己，还认为是快乐、是幸福、是成就。

一个人的话语不是世界。

话语权不是争出来的，不是赚出来的，不是哄出来的，不是蒙出来的。真正的话语权是实力，是仁德，是豁达，是助人，是责任，是智慧，是倾听，是格局。

一个人，一个组织，一个国家，若处心积虑、上蹿下跳、左顾右盼地表现自己，其目的定是想拥有别人。那么，只是暂时的辉煌。

若被暂时的辉煌所炫目，所倾倒，有可能眼睛会被灼伤，倾倒后难以起立。

2011.6.15

历练成熟

年轻时侥幸，长大后自卑，都叫不成熟。

年轻时候总低头走路，一心想捡到钱。这叫心存侥幸。

长大了有了一点钱，就昂着头走路，生怕别人不知道。这叫自卑。

年轻时心存侥幸，长大后自卑，都叫不成熟。

如今，需要平视。平视金钱，平视权力，平视荣誉，平视美色。万不能眼高手低、志大才疏、好高骛远、不自量力。这叫成熟。

有梦想，不是激情四射，但厚重执着；有朋友，不是如胶似漆，但彼此照念；有事业，不是轻举妄动，但步步为营。这叫历练成熟。

成熟经过历练，才是成熟的人。

Where
2014.6.23

与日子结婚

有人把脚磨出泡痛哭，有人把脚上的泡当经验，当收获，当驿站。

谈恋爱的目的是结婚。

高考，如同与书本谈了12年的恋爱之后，终于入洞房。这12年“马拉松式的恋爱”容易吗？苦辣酸甜、喜怒哀乐都尝了。

入“洞房”等于同生活“结婚”了。拿到大学毕业证时就像同生活生了一个小孩。欣喜万分之日，豪情万丈之时。

但，婚后生活与婚前生活截然不同。

婚前，日子甜如蜜，因为心心相印、矢志不渝。婚后，日子也是蜜，却没有原来那么甜。无论是工作，还是做工，一山望着一山高。突然发现，人家的蜜比自家的甜。

本来想学一个自己喜欢的专业，待学成后一显身手。没成想，错过了花季，没赶上机会。只好不情愿地做了一件不喜欢的事。如同与心上人信誓旦旦、海誓山盟，却早被爹妈定了娃娃亲。无奈。“父”命难违！

实际，所有的路都是自己走的。有人把脚磨出泡痛苦、痛哭。有人却把脚上的泡当经验，当收获，当驿站。短暂休息，继续上路。

无论嫁入豪门，还是飞进寻常之家，日子、孩子、老公、老婆都是自己的。

没有别的选择，好好过吧！

这是“婚姻”的开始，是生活的开始。无论快乐还是悲伤，无论路长还是路短，无论低端还是高档，都要走过人生的风雨，欣赏路边的花鸟，倾听早晨的虫鸣。对了，还要经过黑夜与寒冬。

那就要看你的硬功夫喽！

男人的晚餐

非要在公众场合假装着挂念、惦记和嘘寒问暖，不是心里有鬼，就是感情不忠。

同学约晚餐。临挂电话时叮嘱我说，一定要和夫人说明白，别让她误会。

我哑然失笑。偶尔晚餐，友情小聚，还用说明？

同学想得周全。男女数人，恐有不便。若不解释，怕存疑虑。

午睡出门。告知妻子晚上不回家吃。妻问，与何人？我说了名字，估计她也没听清楚，叮嘱一句，少喝酒。心无挂碍，畅饮开怀，何忧何惧？

问与谁喝酒应是女人的习惯，她才不管你与谁喝，只是希望你喝而不多，多而不乱，乱而不淫罢了。男人大了不用管，管来管去成冤仇。夫妻靠自觉，欺瞒必败露。说谎，如同在织补一张巨大的网，即使你手艺高超，总有一天要露出破绽。说谎，需要你心力交瘁地投入，却会让你血本无归。明智的人不说谎。

与朋友谈笑风生地饮酒，神情自若地聊天，安之若素地相处。

与外界相处，妻子是不用经常记起的。因为她已经与你的生命融为一体。你若想她，无处不在；你若忘记，天地浑然。那是一生之念、之命、之灵光，聚散、离弃、来去、增减全在举手投足、心心相印之间。

非要在公众场合假装着挂念、惦记和嘘寒问暖，不是心里有鬼，就是感情不忠。

男人说老婆不理解、不懂事、不大气，总会人前人后、或真或假地看着男人，有时还偷偷地翻查手机。

我说，男人该提高实力、魅力和忠诚度了。让老婆怀疑的男人有点愧，有点亏。

若，物我两忘、心无旁骛，做一个不怀疑、不欺骗、不虚伪，却负责的男人，是境界。

您说有点难，我也说有点难。我们一起努力吧。

一杯咖啡

激情当三思，睡觉需谨慎，拥抱要选择。

他最早只请她喝杯咖啡，说到动情处就拥抱了，拥抱就吻了，吻了就激情了，激情就睡了。

如今离婚，把车、房和存款都分她一半。他很奇怪，最早只想喝杯咖啡呀！

激情当三思，拥抱要选择，睡觉需谨慎。有多少人生是在一杯咖啡间决定的？

把别人当回事

出名和死有时候差不多，都是轰动一时，最后沉寂。

每年要数次到陵园送别亲人或朋友。但没有一次是送自己。才明白，自己可以送别人，也可以被别人送，唯独不能送自己。

就像自己想把自己抱起来一样，是一种徒劳。

当一个人被很多人关注的时候有两种情况，一个是这人死了，一个是这人出名了。

人死，没什么可怕，不过是换一种方式活着。别怕死才能好好地活着。人出名，没什么了不起，不过是换一种方式活着。别盼出名，才能真出名。

出名和死有时候差不多，都是轰动一时，最后沉寂。有区别的是一个在台上，一个在地下；一个是欢笑，一个是流泪。但，都送花。

人活着的时候属于自己，自己的事都是小事。别人的事、死人的事是大事。所以人别把自己太当回事。

人死的时候属于别人，自己的事也是小事。别人的事、活人的事才是大事。所以别把别人不当回事。

人要好好活着。活不好就有可能死，或者浪得虚名，叫白活。

要把自己当回事，前提是先把别人当回事。

有你，有我，有他

上了贼船的人有个习惯，不听劝告。把错的当对，把对的当错。

价值观如船。方向正确，驶向成功彼岸。方向错了，如上贼船。上去容易，下来困难。

贼船是可以伪装的。伪装成正义、厚道、单纯。于是蒙骗了一批意志薄弱、经验缺乏、急功近利的人，骗他们“风雨同舟”。其中不乏勇敢之士，驾驶着“人生之船”乘风破浪，义勇向前。

贼船有两个特点，一是很快到达目的地。所到之处，一片荒凉、满目垃圾，甚至横尸遍野。二是驶向无尽头的远方，如同踏上不归路。在海上左右行驶，时常进退。直到有一天，油耗尽，粮枯竭，人死亡。

上了贼船的人有个习惯，不听劝告。把错的当对，把对的当错。看着十分精明，实则糊涂得可怕。你越让他往东，他偏向西。你越说走正路，他越要在夜里偷鸡摸狗、鬼鬼祟祟，而且引以为荣，有的还可以为贼头献出生命，以表做贼忠心。

人，该上一条正确之船。这船可以是朋友、同学、战友，也可以是单位、组织、学校和部队。

怎样识别一条船？

看这人对父母是否孝敬，对兄弟姐妹有无爱心，对朋友能不能宽容，对社会做不做贡献。看这组织，有没有私下活动，做不做昧良心的事。

关键一点，若他的敌人很多，甚至全国人都是其敌人，这定是贼船。赶紧下船，为时不晚。如若不然，害理伤天。

有些年轻人头脑热，劲头足。想闯世界，又良莠难分。把电视上的玩乐、电影里的奢华、网络中的虚幻带到生活里来，有的还憧憬美国、日本，就是觉得自己国家贫穷落后。大喊着民主，民主。什么是民主？人民当家做主。你是中国人，心里总惦记着外国，人家能让你做主吗？都做不了自己的主，还有脸喊民主！

中国，是一条大船。正义之船，富强之船，民主之船，文明和谐之船，诚信友善之船，自由平等之船，公正法治之船。

在这条船上，有你，有我，有他。

说礼

9999
200000
1000
酒

无心之礼

看一个人是否可靠，要看他是否有老朋友。一个只有新朋友的人，是靠不住的。

朋友送幅画。刚要接过来，他说这幅画有人给两万都没卖呦！

手在中途停一下，想是否还去接这幅“昂贵”的画。若不接，朋友会尴尬；若接，我不舒服。明摆着告诉我二人之间的感情值两万嘛。

还是要接。朋友可能无意，是我多心。连声道谢，啧啧夸奖，赞不绝口。皆大欢喜。

不计较别人好恶，常算计自己得失，多数人都这样。送礼时生怕对方记不住自己，收礼时不希望有压力，人性本自私。

送人礼物时或帮人做点事，要描述价格、价值，告知珍贵、稀少和辛苦，目的就是让人家领情。

而收礼时，朋友多句话就不舒服了。自己不也曾让别人不舒服吗！

玉石、珍珠、翡翠、水晶、碧玺、黄金、铂金、白银及各种名贵木质我基本都不认识，甚至连世界一流品牌也不知几个。那年偶尔戴串手链，穿朋友送的衬衣，参加一商业活动。有伙伴看我手链和衬衣，满面春风说够时尚呀！

后来才得知那手链价值不菲，衬衣也上乘一流。回想送手链和衬衣的朋友从未和我描述过贵重。深深地记住和感激那朋友，他的低调我学了多年。

说来愚蠢。

一年春节，到朋友的服装店买夹克，为了给一曾经帮助过我但已经退休的前辈送礼。签完字，等到月底结账时，朋友说那衣服 10000 块。我急了，不是 1000 吗？他说你少看一 0。

确实没有必要买那么贵的衣服送礼。因为不知道价格，还在前辈家谈笑风生、轻描淡写。礼轻情意重嘛！

后来，那前辈特照顾我。嘱托让其没退位的下属对我关照有加。偶尔聊天，前辈夸我，说这孩子心里坦荡，一件那么贵的衣服送给我这退休的人，真诚备至，后生可畏，值得帮助！

惭愧得如做了亏心事一般，脸红心跳好一阵子。

自那次后尤为注意。交友尽量出于无心，相助最好出于无为。于是，便有了无功利、无抵触、有情意的朋友。心中安然。这应是“莫逆之交”吧。

知道如何送礼了。越是老朋友、穷朋友、退休的前辈越应该照顾，真心地照顾。看一个人是否可靠，要看他是否有老朋友。一个只有新朋友的人，是靠不住的。

交友，应注重对方品德、兴趣，不要想着依仗对方的资本、权势、荣誉给自己带来好处。当然，送人家礼物最好别标榜。这世界，谁也不比你傻多少。

教师节，把我吓得够呛

才疏学浅，德行尚薄，何以为师？

教师节，把我吓得够呛。

今儿接到好多祝福的信息和电话，都是“拜年”的。因为是教师节，说祝老师节日快乐。在我看来，这比拜年、祝寿还让人惊恐。

才疏学浅，德行尚薄，何以为师？

无非是读了几本书，讲过几节课，写过几篇文章罢了。如此尊崇，哪里敢当。一天都坐立不安、诚惶诚恐，连午饭都没吃好。吓得！

恰在昨晚，著名学者、北大资深教授汤一介先生与世长辞。享年87岁。只差几个小时，就可以听到学生们说“节日快乐”。老先生没能等到教师节。学生也不能再当面对老师说“节日快乐”。

而，我还是要说“老师，节日快乐”。

2003年，汤一介先生提出编纂《儒藏》的建议，按照计划，这项国内最大的儒学古籍文献整理工程，要完成10亿文字的整理。6月底，《儒藏》精华版的前100册在于北京大学举行的发布会上亮相，身负重病的汤一介先生坐着轮椅，在家人的搀扶下出席。他说，只要活着一天，就愿意为这个《儒藏》编纂工程尽力。必须继续努力，来把全本完成。

巨著未成，先生已逝。但，老师常在。

感动于先生精神，骄傲于同我是天津老乡。他把兴趣、身心和生命都奉献给传统文化。在浮躁盛行、急功近利的今天，我们如何不为这逝去的先师鞠上一躬，送他一程：老师，您走好！

听一名牌大学的老师说，不喜欢某省、某市重点高中的学生。虽是分数达到，但这些学生的智力已经被重点高中的老师所榨无余。也听一重点高中的老师说，不喜欢重点初中的学生，虽是分数上线，但智力已被初中透支得所剩无余。还听一重点初中老师说，不喜欢那所重点小学的学生，因为考进来的学生，其智力已经被老师汲取无余。

按照此理，那些一直走在重点学校路程中的学生，到了大学如同被嚼过的甘蔗，甘甜甚少，腐朽甚多。这，这，这不是一群看着精明花哨，实际精疲力竭的少年吗！

我惊恐。

原来重点大学的学生是这样考进来的？脑中突然掠过一副对联：墙上芦苇，头重脚轻根底浅；山间竹笋，嘴尖皮厚腹中空。

我不相信。我真的不相信。那些老师在胡说！

有人问我，为什么中国 100 年没出过几个“大师”？

我说，我也不知道。

更加怀念汤一介教授。

今儿教师节，把我吓得够呛。

有一种无奈，叫“下楼拿快递”

快递业，服务了“物流”，带动了“人流”，发展了“资金流”，引爆了“信息流”，却伤害了“情感流”。

在银监局门口等人。看一电动自行车满载货物，小伙打电话。

“先生您好，我是××，请您下楼拿快递。”“师傅您好，我在您楼下，您方便下来拿快递吗？”

可能电话中有人要求他送上楼。小伙带着十分歉意，说我满车是货，不太方便。只有麻烦您下楼了。对不起呀！

一直看他礼貌对答。准备骑车离开时，叫住了他，说你是我见到快递员中最有礼貌的一个。

小伙憨厚地笑，说我是邮政的。

与邮政的这小伙交流快递事宜是幸运的。

可能每个人都会遭遇被快递员差遣的不幸。他直呼你名，从不说先生或女士，冷冰冰、生硬硬：下楼拿快递！

那次正开会。看电话闪烁，把头低在桌下接听，里面传来毫不客气的命令：下楼拿快递！

我压低声音，把嘴对着手机送音部位说，我——正——开——会。

对方传来不耐烦，说那我就先走了！

应是等的那份重要文件，只好跟领导请假。转身离开的一瞬，发现

领导不满意的目光。

开会期间一直是遵守规矩的，刚刚我爸来电话都没接。快递员比我爸厉害！

被快递员无礼、无情、无畏呼唤的尴尬几乎每人都经历过。刚开始很不舒服，后来发现不舒服也没办法，因为每个快递员都不让你舒服。如果你非要使他让你舒服，那只能自己不舒服。为了让自己舒服，就只能忍受快递员的不舒服。

快递员的素质，折射出快递业的发展迅猛、竞争激烈、人员短缺的现状。当求大于供的时候，客户只能“忍气吞声”？

一小小快递员凭什么“非礼”客户？且不管电话这头是多大官，多有钱，多出名，他童叟无欺，公平相待，喝令下楼。

我们只能乖乖地听令而出，悄悄地取包而回，把没礼貌、没耐心、没友善当正常。一个社会，把无礼、无情当正常了，于是人们认为冷漠挺好。

快递业，服务了“物流”，带动了“人流”，发展了“资金流”，引爆了“信息流”，却伤害了“情感流”。

到底伤害了谁，伤害了谁的什么？

伤害了消费者。让消费者把不舒服当舒服，把不文明当文明。长此以往，人与人还怎样以礼相待？也同时伤害了快递员。快递员把冷漠、急迫、面无表情、缺乏爱心当生活。那么，他的孩子谁来教育？

我们没别的要求，只想快递公司教员工说声“你好”。

这要求高吗？

你办事，我放心？

人情有风险，办事需谨慎。

朋友说自己是个热心肠。

如此标榜，与某些人酒桌上吹牛区别不大。做了好事想让人知道的，一般都自私。

他觉得自己关系广，人脉多，见识足，经验多，时不时帮亲朋办点小事，解决烦恼。

办事有成本。

时间成本，面子成本，交通成本，通讯成本，司机工资成本，求人所需礼物或金钱成本，还有把老婆孩子、爹娘老子扔在家里不管的成本，回家夫妻动辄争吵、动辄冷战的成本。

虽说不用两肋插刀，也要见义勇为呀！

当朋友找来，就帮人办事。钱、情、礼，先帮着垫上。但好人未必有好报。有时来找办事之人中途而退，说不办了。知道其“不办了”的理由，或者找到高人，或者另有他情。搞得狼狈不堪。

所有问题只能自己扛。

后来朋友学鬼了。再有人找办事，先收“彩礼”。证明你相信我，且有办事的决心和耐心。如同“中间人”“代办商”“经办商”的角色，为买卖双方暗中说合贸易，省去双方需要花费的口舌。但从未收取任何手续费，所以不能叫“托儿”，也不是“碰瓷儿”。

新的问题出现了。

有的人钱财收了，事未办成，而且丝毫没有“退钱”“还礼”的意思。碍于情面，不好直言。再说，现在查得这么严，一捅娄子还不把人“办了”？

可是，托付办事的人急了。钱也给你了，事却办不成？退钱！

朋友沉冤似海。只是热心，从未谋财。找人“退钱”谈何容易！

于是，背着媳妇，和别人借钱，把找办事人的钱给还了。还后，觉得赔了，赔大发了。赔了心情，搭上冤枉。

细一思量，是赚了。有多大手，端多大碗。如今只是赔了钱，若“恶习”不改，没准饭碗砸了，也没准端碗的手让人家给剁了。

人情有风险，办事需谨慎。为人家办事要付出代价，办不好要自己埋单。掂量着来吧！

你的柔情我有点不懂

撰小文，不是怨，不是怒，只是希望高铁服务再上层楼。

从邯郸到北京西的高铁要两个小时。坐累了，便在车厢中走动穿行，活动筋骨。

一女乘务员观察了我一小段时间，带着几分警惕与怀疑问，先生，您票呢？

我说没票，用身份证登车。

手机信息我看一下？

没有信息，在我助理手机里。

您助理呢？

在 10 号车厢 12 座。

您带路吧！

我在前面走，她在后面跟。从 1 号到 10 号要走一段时间。感觉怪怪的。若她手中持枪，活脱脱一个女警擒嫌犯。偶然回头，又多了一位年龄大一点的乘务员，看似是车长。

查个票还用车长？

我继续走，她们继续跟。

走到 10 号车厢，回头一看，又多了个胳膊戴红箍的小伙子。

旅途辛苦，助理正在睡着。

我向他示意，查吧？

小伙子说你叫醒他。

你查票为什么我叫醒？

你不叫醒我怎么查？

小伙子口气强硬起来。

此时，那位年龄稍大的女车长走到近前，说出示身份证吧？声音冷峻。

突然有被审的感觉。小时候因打架被警察一审就慌，没等给脸色、用电棍，立马全招。后来骑摩托车没牌照，见警察就躲着走，心里总发虚。如今名正言顺，还怕查？

车长左手持检票仪，右手把身份证轻轻一扫，我身份信息和来去行程清晰可见。而后利索地将身份证还我，说好了。

好了？

好了。

我心里略有不悦，既然有检票仪，何不刚开始拿出，还用兴师动众一路跟随？

您可以走了。

我不走。

为什么不走？

因为你们不负责。你用这种调戏的方式检票，我不舒服。为什么最早不用检票仪？

刚开始没电了。她理直气壮。

没电了是理由吗？高铁没电了也等吗？身为车长你不觉得工作失职吗？你知道你的工资从哪里来的吗？是纳税人的钱，是车里的这些旅客，挣钱、交税在发你工资！

车长说对不起。自查票之初到现在，她第一次说对不起。她还想解释，想请我到她的办公室去解释，或者赔礼，以免在车厢内难堪。

我说好了，既然票已查清，就结束，我不计较。

当然不会计较，也不能计较，若报出车次和她工作证号，文章一出，众人转发，岂不影响人家仕途！

下车后，车长在门口等我。再次赔礼道歉，说下次一定改。

过能改，归于无。

撰小文，不是怨，不是怒，只是希望高铁服务再上层楼。

虾扯蛋

望之辽阔宽宏，想，要以责人之心责己，以谅己之心谅人。

对于酒桌上一人独大、滔滔不绝的退休领导应宽容。现在没什么事了，还不让他使劲喝酒？

多数人不愿意宽容。圆桌一围，不分大小，彼此敬酒，你来我去，其乐融融。但，有一个自以为是，还认为别人对他百倍尊敬的“领导”，呼来喝去说历史，沾沾自喜畅未来，从大家的眼神与话语中能感觉出，今儿请错人了。

隔壁有人过来敬酒。“领导”会莫名其妙、出其不意地阻止，拦下人家的热情和真诚，继续“生机勃勃”。

打断了我的思路。想与伙伴聊合作的思路。刚开始谈话就被打断，被打断之后就被劝说喝酒。喝了，肝胃难受；不喝，有伤面子。经过短暂思考，人家退休，我争荣光，伤一次肝胃，给他个面子。于是，听之任之，喝之受之。

既然难受，不如不受。与主人商量，提前退席。回酒店写文，走路。

起身迅速，告别风光。估计，我走后他们的酒宴也要散了。因为我是被请嘉宾。

走在汉江边，心里特舒服。望之辽阔宽宏，想，要以责人之心责己，以谅己之心谅人。老同志不容易。

襄阳真是个好地方。江水清，历史厚，人热诚。江边卖小吃的特多，以麻辣小龙虾为主，但名称都不叫小龙虾，都以大虾自称。突然看到一个特好玩的名字：虾扯蛋。

太有创意了！回家我也做这道菜。依然在回忆酒桌上老同志的豪言壮志，不禁走向“虾扯蛋”餐厅。

新书出版，旧情复发

衣不如新，人不如旧。

两同学在北京邀请。来吧，一段时间没见了。聚聚吧！

也好。等忙完这几日前往，正好带着新出版的书。

老同学欢悦，又有新书？

是，但人还是旧的。

新书旧人，酒茶款待。旧书新人，闭门不见。同学风趣，也是实情。这年头谁有那么多时间交新友，读旧书？

新旧有规则，顺序不可乱。

朋友搬新家，总会给叮嘱：房子可以是新的，老婆一定是旧的。听美好祝福朋友老婆特高兴。朋友故作玄虚、含糊其辞，说住房子有要求：人生得意须尽宽，老婆新旧我都行，咱没那么多事。其妻娇怒，日子过腻了？

给人家过生日的语言千篇一律，却是百听不厌：年年有今日，岁岁有今朝。谁都知道这不可能，不可能也愿意。不都在美丽的谎言里过日子嘛！

参加人婚礼就要说老话了，什么天长地久、到老白头、终生不渝、爱你一万年……怎么悬怎么说，保证不怨你。就是不能说过生日的话：年年有今日，岁岁有今朝。谁受得了！

妻子有时开玩笑问，我死在你前面，你还找新媳妇吗？

最初没在意，告之别瞎说。后来她抓住我的手，两眼脉脉含情，如同临别嘱托。一本正经地问，只好郑重其事地答。娶再新的媳妇也要变老，还没准床上床下地折腾我，早死几年。不娶了。你死，我跟你一块死。妻子知道我对她没那么虔诚，放下大人孩子，不顾工作社会，与先妻同年同月同日死。我做不到。做不到也不说做不到。这是说假话。假话等于情话、真话、甜言蜜语。夫妻之间大多先去的是男人，因为女人比男人长寿。都半辈子了，还在乎谁先死？两口子之间越老越不计小节。但要彼此尊重。尊重是心心相印，是欣欣向荣，也是新婚燕尔。

衣不如新，人不如旧。书不如新，人不如旧。事不如新，人不如旧。

旧人创造新世界，开辟新天地，打造新格局，拓展新视野。过几天，带着新书，穿着新衣，怀着好心情，去见老同学，一起聊旧情。

今宵酒醒何处

酒，不是个好东西，但还没有找到比它更好的东西。

生活里有一种快乐，是与喜欢的人喝酒。生活里有一种痛苦，是酒量不大，却贸然喝多。伤人，伤己，话多，误事。

本来是说敬一杯的。

朋友说喝一杯？

我说喝一口。

他说一口一杯。

我说不是，是一杯里喝一口。

他说一杯一口。

朋友的语言游戏，让我不能拒绝。知道是玩笑，但，是真诚。如今，不合适、不合情、不合心、不合理的交往，谁不小心翼翼，几个大口喝酒？

于是喝多了。

我说一杯。朋友说一口。我们就一口一杯。他坚持说一杯一口。

那是个大杯，盛红酒的杯。估计不少于三两酒，一口喝掉。之后就开始攀兄道弟，语出惊人。没了戒备，多了开怀。不计小节，大快朵颐。

睡了一下午，到晚上才醒来。醒后发现多个未接电话和短信。没有写文章，没有备课，没有走路。只能加班。

酒，不是个好东西，但还没有找到比它更好的东西。拉近距离，调和气氛，增进情感。喝多、喝醉就是个坏东西了。

《韩非子》云：“常酒者，天子失天下，匹夫失其身。”经常喝酒的人，如果是天子就会失去天下，如果是普通人就会喝掉性命。

自古至今，有多少英雄豪杰在酒上吃亏？

《三国演义》有多个篇章描写喝酒：刘备醉酒害黄忠，曹操醉酒斩刘馥，张松醉酒泄天机，刘备醉酒吐真言，典韦醉酒丢双戟，翼德醉酒命呜呼，吕布因酒陷囹圄……

酒多会糊涂。那时的糊涂自己以为是明白。糊涂人能干出明白事？

幸好糊涂在家中，如醉睡于外面，定伤大雅、丑态百出。再加上杨柳岸晓风残月、喧闹中歌舞升平，晚节能保？

惊出一身冷汗。此刻酒醒。

人被狗牵

人的一生总是要被管的。管什么？管懒惰、情欲。

晚8点。

致电一网络作家朋友。印象里她应没黑天带白夜地写，早晨基本上从中午开始。

她笑。说自己作息正常，生活规律，没有你们想象得可怕。因为喜欢养狗，所以早晨不起床，那“狗家伙”不答应。

人被狗牵。不是无奈，是生活态度。证明自己还可以起得早，走得快。有时走在狗前面，有时走在狗后面，有时发现狗离自己很远了，喊一声它小名，于是“狗家伙”又欢快地跟随了。早起快走之人是不容易被岁月落下的。

人总要被管。

小时候被爸妈管，上了学被老师管，参加工作被领导管，做生意被客户管。到了中年，一人独大。没人能管？那还得了！被狗管。

我是被计步器管的。每日一万步，多忙，多累，多苦，多乐，都要走够万步。那日在杭州讲课，从早到晚没有走路的时间。晚餐后已近10点。这就矛盾了。坚持10点睡觉，万步还未完成。何去何从？两利相权取其重，两害相权取其轻。走路！在西湖边上走，自白堤到苏堤。夜风、灯火、湖水相伴。白娘子早就与许仙温梦了。我孤独地走。

人的一生总是要被管的。管什么？管懒惰、情欲。不对其加以控制，尽情玩耍，满世界疯，最后吃亏的还不是自己。

一好友是被学习管住的。每天坚持于微信发中英文经典和有意义、有分量、有哲思的文章。什么是每天？可能是一天，可能是一年，可能是 10 年。他已经发了两年多了。想起他，我就有些害怕。学而不及，犹恐失之。我要落后于他？

还有朋友是被情绪和善良管住的。到单位就微笑，真心夸奖一个人，坚持日行一善，无论大小多少。

有人羡慕我真自由，不用赶地铁、挤公交，不用看领导脸色，不用发愁每月工资几多。但他不知我做出了比赶地铁、挤公交、看领导脸色、发愁每月工资几多更为努力的事。

这世界有自由吗？没有，这个真没有。

您说有？也有。那就是管住心。别让心放纵。不放纵有一个好方法，找个人儿，找个物件儿，找条狗，找个信念把自己管起来。

毕业后的痛哭

一个没有礼貌、自私自利、没有教养之人，即使学习成绩再好，我公司不要。

在中国，令人怦然心动的高校就那么几所。从这里走出来的学生神气十足、信心百倍，当然也不乏顾盼自雄、舍我其谁之持傲。

他是北京那所动人的学校走出来的一名出色大学生。学习名列前茅，奖学金拿了若干。到一国际著名的企业面试。几乎不费吹灰之力，就被企业领导看中。谁不珍惜名校高才生？

他记得那天面试成功后很晚了。领导说不妨一起吃个饭，不是为了请你，恰巧赶上饭口，也是缘分。

恭敬不如从命。学生的心头泛起微微的得意，刚出校门，又入豪门，还被领导请客。加上领导秘书，三人一起，四菜一汤。饭后各自分手。

次日。

他收到领导发来的微信，说自己没有被公司录取，请另谋他职。

这同学一下子就急了，心里有种被欺骗的感觉。回微信问为什么。在为什么后面加了两个问号，一个叹号。告诉对方自己明显不满，甚是气愤。这国际公司被外人说得好听，咋就背信弃义，言而无信！

对方回过微信，说晚餐也是面试。三人一起用餐，你没有丝毫客气，第一个坐在座位上，证明你是个不懂谦让、没有礼貌之人。吃饭时你的筷子在盘子里使劲地夹菜，而且有时还把筷子伸到盘子最远处，挑拣里面的那块肉。从言谈中知道你不是家庭困难，但如此吃相，证明你心里没有敬畏，自私自利，无团队意识。更重要的是，吃饭中途让你去取一瓶饮料，你把筷子直接插在米饭中，你应该知道，这在你们中国意味着祭祀，为去世的人供奉时才会这样做，而你却不懂，证明你家里的教养甚差。一个没有礼貌、自私自利、没有教养之人，即使学习成绩再好，我公司不要。

那学生，看着手机微信，脸发热，心里悔，他哭了。哭的声音特大。

脸红，不是让人给抽的

文人君子多，言必有防；作家形端正，行必有检。

鲁迅文学奖，是以中国伟大作家鲁迅先生命名的文学奖项，是中国具有最高荣誉的文学大奖之一。

今年的“鲁奖”评选尤其闹腾。先是湖北诗人柳忠秧被省作协主席方方在微博中批评作品入围丢了湖北作协的脸。于是柳忠秧怒骂怨告，剑拔弩张，与方方撕破脸皮，欲在法庭上讨个说法。后是64岁的川大教授周啸天以古体诗获“鲁奖”引发文坛地震式争议。竟有人用“把鲁迅先生气活了”的文章戏谑。

为何要戏谑？文人君子多。口无戏谑之言，言必有防。作家行端正，身无戏谑之行，行必有检。

方方批评的理由无非两个，一是柳忠秧的诗确实差，二是不欣赏此人，甚至跟他有过节。周啸天获奖引发争议无非也有两个理由，一是其诗写得确实好，好得不得了；二是其人脉广，广得恰到好处。

是柳忠秧好，还是作协主席方方好，是周啸天好，还是“鲁奖”评委好，我不知。这叫不知哪头炕热。不想说任何人坏，但偏偏许多坏事都是好人干的。到底谁坏？我心里没坏人。

昨日酒桌上，一企业界朋友说你们文坛很乱。问他乱在哪里。他说：“你懂的！”

胡说！

气得我浑身哆嗦，大声辩论。作家讲正义，有良知。说真话，干真事，写真文，做真人。言之成物，文以载道，著书立说，以范后人。有潜移默化的重大使命，是人类文明的心灵代言，岂容你如此践踏？

企业界朋友笑了，说你知道某知名美女最早多清纯吗？如今不也是为了钱和名开始变得流于世俗？

当真？面红耳赤，无言以对。喝酒！

人之恶

文明，来自于道德加法治。

新疆机场过两道安检，还要脱鞋、抽裤带。浑身上下、前后左右被安检人员通摸一遍，有时是两遍。没有人不耐烦。都积极配合，耐心等候。

而。

我们开车在路上时，前面车子稍慢几秒钟，就按喇叭催促，嘴里还不三不四、不干不净。

同样是等候，差别咋这样大呢？

都知道暴恐事件之危险。可能远在天边，也可能近在眼前。若暴恐份子乘虚而入，有缘与自己同机，岂不大亏、特亏！所以，不约而同、心心相印地希望安检严点，再严点。

看来，人们的自觉遵守不是文明，而是害怕；不是真心拥护，而是无可奈何。

开车人咋就嚣张？因为大骂后没人惩治。若车内有录音传送装置，骂一句，抽一嘴巴子；骂两句，来俩耳光子；骂三句，把舌头剁下来。还骂吗？

外国人笑话“中国式过马路”，不看红灯，人凑齐了就过。我说这是中国人自己惯着自己。恶习难改？恶人恶治！人闯红灯，一顿皮鞭。再闯红灯，乱棍打死。还闯吗？

酒驾扣 12 分的政策出台后，依然有人以身试法。建议不扣 12 分，太麻烦。咋办？次日，到单位领导找谈话，全年奖金扣除。妻子单位领导谈话，评优调级取消。儿子学校班主任谈话，三好学生名额搁置。爹妈原单位发来信息，养老金减掉一半。还酒驾？

酒驾“株连九族”，闯红灯被打死，车里怒骂割舌头，养老金减一半，都是假想。但这是法治的象征。人是有奴性和惰性的，除了在机场安检时乖巧，在其他大多地方都不太听话。除非你要他的命。

文明，来自于道德加法治。

当然，说的不是您，因为您心中有道德，身外敬法律。那些心存侥幸、投机取巧、自作聪明、高傲蛮横之人要不舒服喽！

无耻与良知

行贿成功的人都会有一种无耻的欣慰。

上午。

与友人短信：午闲暇，可餐叙。

友人即刻回电：中午约人了。已经推过一次，若再推就有些不诚。要不我再推一次？

友人真切。宁可带着不诚、不忠与我午餐，这里有她的笃信、我的无礼。若餐叙成功，我便有一种无耻的快乐。这快乐建立在她失信于人、热衷于我的非道义上。

如给领导送礼。

送礼办事是人情，人情交易是腐败。若领导收礼而办事，送礼人则是助长领导不遵守规矩的诱因，而领导则是一个替投机者办事、不讲原则、瓜分国家资源的掮客。但，没有行贿，哪里会有腐败？

很多时候，行贿成功的人都会有一种无耻的欣慰。而，这种欣慰可能是由压迫、欺骗、蒙哄带来的，其占据了一个人的正义与良知。这正义与良知可能是无辜、无助和无奈。

于是。

产生了不公平，不公平又得不到合理解决。因为很多人都走在“正义”的道路上行贿。而没有能力、没有机会行贿的人冤、怒、骂、恨。当无济于事又难平心中怒火时，便产生了报复。

报复如火，可以燎原。

生活当礼让。让一顿午餐，少一次行贿，多几分和悦，显一次良知，坚持一份诚信和忠诚的职守。或许，会活得很好。

作家的名片商人的钱

这社会，不是商人才互换名片，也不是文化人才买书。

认识河北省沧州籍两个名人。一个是身价百亿、古道热肠的天狮集团董事长李金元，一个是著作等身、德高望重的著名作家蒋子龙。

有时在清华、北大EMBA和总裁班上课，见沧州企业家便说，沧州我认识两个人，一个李金元，一个蒋子龙。

企业家说，我知道李金元，不知道蒋子龙。

有时和国内作家接触，见沧州人士便说，沧州我认识两个人，一个是蒋子龙，一个是李金元。

也有得“鲁奖”或“茅奖”的作家说，我知道蒋子龙，不知道李金元。

家乡人不关注家乡人未免有些可悲。但，作家不关注企业家，企业家不关注作家，好像生活在一个中国，却是两个世界。

经常与作家在一起，初次见面便如与企业同仁见面的样子分发名片。但大部分作家接过名片，看也不看装进口袋或包包。全然没了下文，继续谈笑风生。我甚至有些尴尬，没有名片还理直气壮。

也常与企业家在一起，见面时会送上自己的作品。企业家会说话，说这书真棒，还有吗，再给我来几本？好像他们以为书不用花钱。一般不会像接到同学产品一样，问这产品多少钱，订一批什么价？

书，是作家的作品，也是产品。买一些书送给朋友既显得自己有文化、有品位、有素养，又便宜，还超值。

名片为人与人相互联系提供便捷。互换名片是基本礼节。若没带、没有，没关系，下次补上。即使不想和这人联系，怎么也要客气或敷衍一句半句。失了风采欠优雅。

这社会，不是商人才互换名片，也不是文化人才买书。

邪恶的父亲

这世界，不少坏事都是好人干的。

朋友的父亲信奉佛，常追随某寺院住持。

那日，变卖家产几万元，捐给寺院。不久，得出消息，住持还俗，回家结婚生子。

那年，一伙伴说其母亲住院，押金不足，命在旦夕。见死不救非君子，忘恩负义是小人。在生命面前，一切忙碌和拮据都要让路。于是，把家里仅存的两万元借给他。第二日便传出其赌博输掉十几万的消息。

如今想来，骗子历来就有，被骗人万万千千。骗子可恶，但有些被骗人也不值得同情。被骗人往往认为对骗子的同情和“义举”是扶弱？恰恰相反，是助长邪恶，滋生贪婪！

不识庐山真面目，只缘身在愚钝中。

当你欲助人时请核对，能不帮吗？把不帮的理由克服掉，这个人就是该帮了。

这世界，不少坏事都是好人干的。我，很邪恶。朋友的父亲，很邪恶。

2014.6.4

请等待

有怨、有恨皆是有爱，不是爱别人，而是爱自己。

曾经。

觉得酒后吐真言、酒壮英雄胆（当然，也壮狗熊胆）是勇敢。当知道董存瑞炸碉堡时并未喝酒时，才明白酒后的表白并非真勇敢，还可能是胆小的表现。

喝酒时的承诺与喝酒后的思念都需斟酌。是酒在发酵，还是心在动情？

那日。

朋友说男友时常酒后致电，相约倾谈。交往几年，如今愈发躲藏、迷离，甚至冷漠。打电话不接，发短信不回。很是苦恼。真想一把抓住他，到自己身边来。

我说。

酒让他醉，说明其意在酒。人让他醉，证明心中有爱。若只有酒醉，从未人醉，估计，结婚后会清醒。清醒后发现：人是情非事事休，欲语泪先流。只恐买醉酒，载不动许多愁。

她说。

只是心不甘。若不往来，直接表白，何必推脱？心里有怨，却无人懂。

我说。

有怨、有恨皆是有爱，不是爱别人，而是爱自己。不应有恨，离别难圆，此事古难全。何必把爱寄托在一个有求而来的人身上。两情相悦，彼此挂牵，才是情真。无论短长，静静收藏。无论好坏，默默珍惜。强求会伤，挽留会痛。优雅生活，安心读书，努力工作，真心助人。等待那个不喝酒也充满激情的人出现吧。

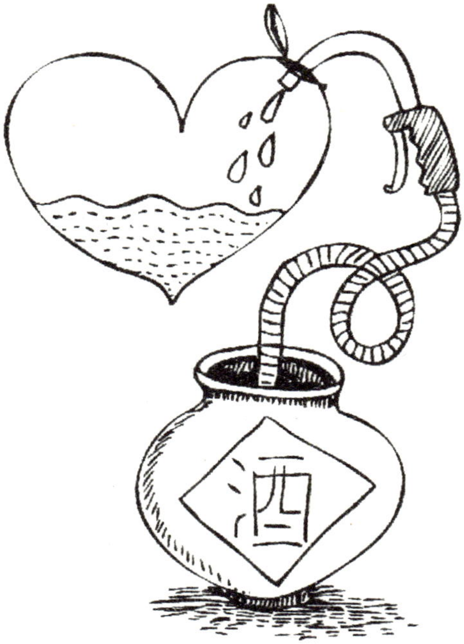

人情的三种现象

千万要谨言慎行，别动不动就求人，自己强大了何须总求人。

人情有三种现象。

一、求人的时候，以别人为中心；被人求的时候，以自己为中心。以别人为中心的时候，总想示好，把握不准火候，就容易谄媚。以自己为中心的时候，觉得神气，弄不好就高亢，就骄傲。

这种关系难以出现真友情，大多是互相利用。

二、被人求的时候，不把自己当中心。求人的时候，也不觉得难为情。不把自己当中心，就是把人家的事当中心，努力办，用心办。为把事情办好，还有可能付出代价而不怨气。求人的时候心底坦荡，磊落光明。这就需要你求人的事一定是正经事、正义事，最起码是不虚伪、不欺骗、不损人、不坑人、不害人的事。不然心里定会发虚和阴暗。

三、生活里没有求与被求。平等相处，公平公正，法律严格，按章办事。这里便没有或少有了人情了。因为，只要存在人情、给面子和识趣，就有腐败的机会。

第三种，实现起来很困难，如同“大同世界”一般的难。但，毕竟是方向，我们一直在努力追求。第二种，需要提高修养，懂得助人即是助己，助己就须助人。别给人家添麻烦，少给人家添麻烦。若真添了麻烦，记得在人家不知情的时候加倍回报过去。至于第一种，千万要谨言慎行，别动不动就求人，自己强大了何须总求人？

我求求您了！

感谢难堪

人生须尽欢，何必太拘泥。但，酒后不驾车！

偶见友人酒醉。欲驾车，口胡说，人飘逸。

抢过其钥匙，断然要求弃他车上我车。友人方寸大乱，嘻哈跳舞，放荡不羁。

强行扭架于车，送其归家。他一路嬉笑怒骂。揪我头发，摸我脸颊，抻我衣领。对世事口出狂言。我受尽调戏。

终至其家。其妻下楼相迎。大骂其酒多，感谢我相送。

带着欢喜、侥幸、辛苦和被辱的成就感慨数日。

月余。与友相见。

友大谢、大悦、大恩。说不但救了他，也救了他家庭，还救了另外一个或两个家庭。其余之事不堪设想。若真酒驾必伤及多人，酿成大祸。

我与他用酒压惊。人生须尽欢，何必太拘泥。但，酒后不驾车！

我亦感谢他。让我成就了其平安、欢乐和一家团圆，不也正好成就我的功德吗。用别人的有意和无意的难堪，成就自己的心安理得，不是自私？

人生无对错，只看因和果。因友人多年来开怀、欢乐、无私、乐于助人和团结上下左右，谁能离得开他？想老天也手下留情，才派我出现。

福慧双修，厚德载物，总是好的。

追求

适度的贪婪叫追求，过度的追求是贪婪。

世界杯。

珠海一普通美女职员，休假 20 多天，自费 7 万元，只身一人赴巴西追逐阿根廷足球运动员梅西。花重金从“黄牛”手中买到球票，却于开赛前遭哄抢。

一票难求，痴心不改。为的哪般？

不禁对这姑娘有些担心。她只是被抢了球票，若其他更贵重的东西被抢，岂不招来大麻烦！

听说过刘德华结婚，有女歌迷自杀的事。见过有傻小子破鞋趿拉袜，满大街游走，挑个旗子，上绣“我爱范冰冰”。遇上过信佛之人，为了供养庙内师父，背着大人孩子，偷摸把家里金银首饰卖了，拿钱去捐功德。

迷失了自己有个现象，就是身体在这里，心早就跟随人家去了那里。究其原因，是因为太爱自己了！

适度的贪婪叫追求，过度的追求是贪婪。

世间美好的东西太多，但 99.9% 都不属于自己。为不属于自己的东西而用情、花钱、卖命、昧良心，叫傻，叫呆，叫二，叫疯子。

若。

花那么大的精力、功夫、心思、感情用在学习上、工作上、业务上，恐早就有人拼命地追求你了！

此生足矣

愿望都实现了，竟没人觉得幸福。真没心！

小时候家里穷。

爸说，这辈子能让我馒头随便吃，此生足矣。

妈说，这辈子能让我香蕉随便吃，此生足矣。

我说，这辈子能让我糖葫芦、炸果仁随便吃，此生足矣。

如今。早已馒头随便吃，香蕉随便吃，糖葫芦、炸果仁随便吃，也未觉得知足，还生出很多烦恼。

前几年。

朋友说，我能开上奔驰，此生足矣。

又一朋友说，我能住上别墅，此生足矣。

还一朋友说，我能娶上那位心仪的大美女，此生足矣。

如今。朋友奔驰卖了，又买更好的车；别墅住了，觉得也不过如此；心仪的大美女早就娶了，又离了，换一更大美女。

愿望都实现了，竟没人觉得幸福。真没心！

或许。

昨天的日子未必是最差的，明天的日子未必是最好的。今天的日子是最应该珍惜的。

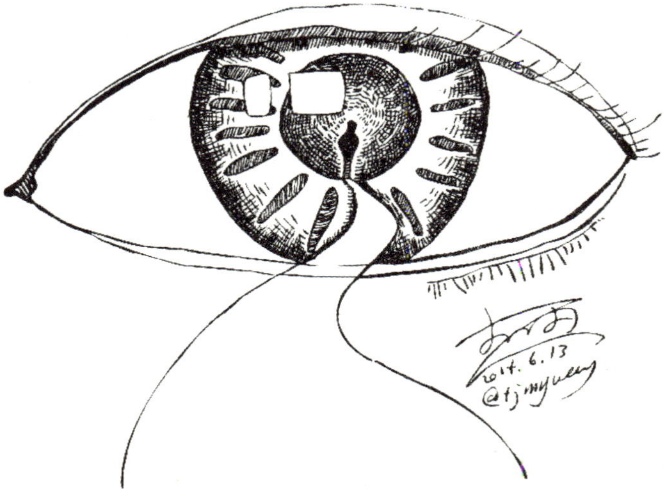
2014.6.13

雕塑家的病

雕塑家神清气爽、喜上眉梢，哼着小曲回家了。

雕塑家得了抑郁症，几乎接近崩溃边缘，走了多家医院就是治不好。听说百里之外有个大师很是灵验，便驱车拜访。

大师说可以帮你治病，但你要帮我做一件事。

雕塑家说别说一件，十件也行，只要您能医治我的病。

那好吧，大师说，听说你雕塑功夫了得，你帮我雕一尊佛吧。

雕塑家按照大师的要求去雕了。一年后回来，说佛已雕好，请大师帮我治病吧？

大师说，你的病已经好了。

雕塑家问为何？

知你多年雕塑大卫，那是冷峻和刚毅的象征。他的冷峻和刚毅无形中感染了你，入肌肤，至骨髓，透心灵。你的病来自于雕塑。我让你雕的是一尊笑佛，一年的时间，你的心灵已经被佛的笑容感染，病自然痊愈。你看，你笑得多灿烂，身上的病早就无踪了。你的病康复于雕塑。

雕塑家恍然大悟，连忙拜谢。神清气爽，喜上眉梢。唱着小曲，迫不及待地回家了。

父亲节与父亲劫

当好夫，才可做好父。顺序不能乱。很少见坏丈夫是好爸爸。

男人，大多一不留神当了父亲。

先是对老婆肚子里属于自己的生命欣喜若狂，后是把电话打给父母、亲朋，想告诉全天下自己是男人和男人的伟大。

有多少高兴，便有多少负责。男人，如一头任劳任怨的牛，拉起了一生也停不下的车。车上有妻子、儿女、父母、岳父母，还有工作和对社会或多或少的回报。

什么是父亲？有了儿女的男人。有了儿女就要教育他们成人、成好人。若只成人，未成好人，当父亲的就要反省了。是否把一不留神制造出的生命一不留神地放纵了。

一放纵就出事。大人欲望膨胀，孩子攀比享受。经常在家里谈及请客、送礼、金钱、权利，探讨明星出轨、怀孕、吸毒等。两口子比着玩手机，刷微博、发微信、打游戏，就是不读书。男人出去喝酒，女人在家看韩剧、宫廷剧和大型豪华的婚恋节目。

于是，孩子就学。学父母所做的事，电视上的事，社会上的事。

先为人夫，又为人父。男人不易。

当好夫，才可做好父。顺序不能乱。很少见坏丈夫是好爸爸。

男人要学会用真爱影响妻子，用行动教育儿女，用孝敬侍奉父母，用感恩回馈社会。如此，可助儿女成为好人。

这些事做好了不算好人，没做好，就是坏人。父亲节到了，望父亲们过好父亲节，莫要过成父亲劫。

婚纱照

很少有女人独自拍婚纱照，说明没有男人的婚纱照就不叫婚纱照。

有一种对风景的证明，是拍婚纱照的新人多。

有一种对爱情的证明，是到好的风景地拍婚纱照。

有一种对婚姻的证明，是把婚纱照挂在墙上，永不换人。

大连棒棰岛，海蓝，沙细，礁浅，草绿，树古，人美，风柔。空气好得让人心痒。极目远望，阳光映照，海鸥飞翔。

随处都是新人在拍婚纱照。或躺或卧，或拥或吻，或举高高或弯弯腰。专业摄影团队在拍，游客们在拍，我也跟着拍。追逐美丽，不约而同。小伙傻笑，明媚灿烂；姑娘陶醉，婀娜多姿。任凭你照。有千万人见证才好，见证不老的诺言、不朽的爱恋。

婚纱照，顾名思义是穿婚纱照相。明显说的是新娘，好像与新郎无关。但很少有女人独自拍婚纱照，说明没有男人的婚纱照就不叫婚纱照。

由婚纱照得出，在爱情与婚姻中男人是不用被提及的，但却是无处不在的。

如同这岛，是男人建的，却男女同享。如同婚纱照，是以女人名义照的，却男女同乐。

婚纱照，也名“婚纱罩”。用婚纱把女人的身、男人的心罩住，各自照应着点，就别乱跑了。

祝愿，棒槌岛风景美丽一万年。祝愿，婚纱照恋人幸福一万年！

衬衣法则

从未拿起，怎谈放下？从未明白，怎能糊涂！

朋友送两件衬衣。穿起来很舒服。随口问什么牌子？

他笑了，说你真不知道这品牌？

我说不知。

他告诉我名字，才知是国际一线牌子，看标签，果然价格不菲。

近年特喜欢布料舒服、价格便宜、不带品牌的衣服，觉得一万元与一百元的衣服没啥两样。热衷讨论衣服、手表、汽车和手链价格的男人似乎永远长不大。

朋友说这牌子入驻一个城市需要市长亲自出面接待、协商，且某大型商场要花 6000 万为其装修、配套。年销售量达不到要求，商场要自行买下。

太强了！

听业内朋友讲过，国际一线品牌的利润率在 30 倍到 50 倍之间。也就是说一件 15000 元的衣服，成本是 300 元左右。

实际也不奇怪。如同书法家，宣纸、墨汁和毛笔磨损的成本是相同的。无名小卒写出来 200 元没人要，国内大家两万、二十万有人追。

别不服气。这是虚荣效应，也是实力法则。

同样是一百多斤的大活人，您怎么就活不过别人？人家都活成国际一线品牌了，您还从家里没走出门呢！

千万别说“人比人得死，货比货得扔”，也不要用“淡泊明志、看破放下”的话来敷衍。从未拿起，怎谈放下？从未明白，怎能糊涂！

我说的是人。没说服装鞋帽，也没说吃喝玩乐。别理解歪了。您懂的。

合影与位置

广告学有个原理：宣扬什么，就缺少什么。

把与名人合影摆在明显位置炫耀，与穿名牌、提名包、开名车使劲显摆之人有同样的意蕴。甚至同一些所谓的黑社会，到夏天有意无意地露出身体刺青，也异曲同工。

广告学有个原理：宣扬什么，就缺少什么。

那年与某领导出行，每次合影他都主动站在边上，把同行的企业界同仁往中间推。

自那次明白：真正的权威不是争出来的，是让出来的。

自那次，学会合影不往中间挤了。

以前的照片，得到的无非是被人一眼认出，但怀疑你的位置是否正确，或夸奖你真幸运。

有人一辈子都找不到自己合适的位置。自己都找不到自己的位置，别人会把你摆上正确的位置？

2014.5.28

我没有艺术家的“范”

没当画家，没当书法家，也没当导演。只选择当个作家。作家不需要耍酷、飙形象。

小时候知道自己当不了艺术家。

曾试着留长头发和大胡子，任凭数年打造、使劲培育。头发有环卷，稍微一长，就如很久没割的草，乱盘在头上。不知是个子小还是志向低，胡须就是不茂盛。一度想找些如化肥般的药，给丫用上疯长。

失败了。

没当画家，没当书法家，也没当导演。只选择当个作家。作家不需要耍酷、飙形象。保尔·柯察金身体残疾后还写出《钢铁是怎样炼成的》，海伦·凯勒在聋盲的生活里写出了《假如给我三天光明》。

后来接触了书法大家刘炳森先生的厚重，感触了中国书协原主席启功先生的风采，观摩、跟随了我的老师何俊田先生的稳健，才知道艺术水准、人格品相跟长头发、大胡子没关系。

长大后才觉得被那些“大艺术家”蒙得不亦乐乎！

长大后才明白作家也是艺术家。

博客中一长发过肩、眼戴墨镜之人加我为好友。看其展示某协会发的资格证书，似乎很有来头。观察半天也没分出这人是男是女，看身材与打扮是女人，但其大摇大摆的叉腿坐姿又显现的是男人的不屑。

女人没有这样坐的，这样坐的女人要不得。

长头发、大胡子从小就把我忽悠了，如今又遇上性别混淆、男女不分。实在没这闲情逸致瞎扯。断然拒绝，不做朋友！

说智

你是舒服的

生活里有太多不顺，不安，不和。无非是两个人在捣乱。一个是自己，一个是他人。

晚餐在运河边一咖啡店。小菜，难吃。红酒，特贵。

我说好，是幸运。

朋友惑，为何？

菜难吃，可少吃。红酒贵，可少喝。不然，面对窗外静静运河、悠然灯光、浅悦清秋、知己对酌，虽喝多怡情，但吃多伤身。人都是在快乐的不觉里受伤的，于兴奋的巅峰中生悲的。

少吃，少喝，观夜景，说心语，增情感。乐哉！

经常在上班途中吃早餐，一碗豆浆，一份土豆丝，一份烙饼。那天，早餐店老板问，观察您一年了，每次都吃这一样，不腻？

经他提醒，我也奇怪。为何不腻？不曾在早餐上费时间，连一分钟思索的时间都不愿意浪费。为何要吃腻？若能吃一辈子这样的早餐，也是境界。

为自己庆幸，没有挑挑拣拣，确是始终如一。

家里一年轻长辈患癌多年，现已临近生命尽头。四十几岁便撒手人寰，如何放得下妻儿老小。八十几岁母亲、六七十岁哥姐，均伤心至极。白发人送黑发人乃人间大哀。

近几日家里闹腾，让人心烦意乱。年轻的长辈在算离别账，存款加

上死后保险理赔有几十万收益，嘱托年迈哥姐，为儿子买房置地，让妻子安心生活。至于老母亲，就别在这个家生活了，目的是别为妻子增负担。妻子态度明朗，只要丈夫去世，老母便“请”出去，非但不能回家，而且分文不给。

明摆着逼老母亲离开故土！年轻长辈和妻子上演临死不孝，能奈他何？

一家人恨。恨年轻长辈糊涂（还有人骂混蛋），恨其妻绝情。

一家人疼。疼白发亲娘临老受“辱”，送儿含冤。

我说好。

众长辈急眼，还好？！

是好。他本年轻，英年早逝。老母和年迈哥姐悲痛万分，心疼致命，哭瞎双眼、血压升高、心脏骤停都有可能。此刻，他却糊涂倍至，自私之极，不养亲娘，令人痛恨。有了痛恨，就少了悲痛。他是在变相心疼至亲，不必为他的离去过于伤心呀！

众人无语。我亦心安。死吧，死吧，不是错！

生活里有太多不顺，不安，不和。无非是两个人在捣乱。一个是自己，一个是他人。他人的捣乱是必然，这世界没有捣乱，就无人治乱，无人治乱，便天下大乱。关键在于自己。自己别乱。如何不乱？让他人舒服。让客户舒服，可赚钱；让领导和下属舒服，可升迁；让老婆孩子舒服，是幸福；让爹妈舒服，叫“你小子还算个人”。

若，看谁都不舒服，那，一定是您错了。

爱，哪去了

要求对方，就是维护自己。

朋友在微信中夸我，说我文章写得好，“哀梨并剪，匕首投枪”。先是喜悦，后是压力。若写不好，对不起人家心意。便努力。努力中有深刻、温婉、简约、诙谐，还有精致。

一大早就有朋友微信于我，要求我对“小三”“二奶”用文章狠批。一看便是女粉丝，还有可能受过伤害。男粉丝提的要求不一样，让我写女人应如何贤惠温柔、相夫教子，对河东狮吼严厉批判。

男人与女人天生是一对冤家。

相爱时许下的诺言，到后来自己都觉得奇怪。任女人刁钻、男人野蛮，爱得一塌糊涂。在一起的温柔和激情总也不够用，看对方从脑袋瓜儿到脚巴丫儿，处处顺眼合心、疼爱有加。

若离开，就坏喽！骂、怨、恨、烦，用尽世界上一切诅咒的话也不解一时之气。最好让其死掉。原来相依时的甜蜜，激情高潮时的无所顾忌，早就烟消云散。

孔子理解这种感受，他说“爱之欲其生，恶之欲其死，既欲其生，又欲其死，是惑也”。

爱情是本糊涂账。太明白的人不会谈恋爱，会做生意。谈钱，谈权，谈情，谈色，谈房产，谈交易。但，无论是恋爱，还是“生意”，最后都要混在一起过日子。一过日子，便互相要求。女人要求男人既忠诚，又有实力，男人要求女人既要贤惠大方，又要孝敬公婆。

要求对方，就是维护自己。在要求对方的心情、心态、心眼、心神中生活，就是现代婚姻。

婚姻成了男女情、财、色、性的搅拌。如同河北省一道名菜，叫“李鸿章烩菜”。里面将鲍鱼、海参、鱼翅、鸡肉、口蘑等名贵菜蔬，用高级调料调和在一起，再配上等器皿。婚姻如同这道菜，高级器皿像俩人的婚房。有人做得好，就好吃；有人做不好，就难吃。菜难吃可以不吃。婚姻难吃，就难办了。离婚，不舍；不离，难受。于是“小三”“二奶”五颜六色、三五成群、万紫千红，她们都想一枝独秀！

“三”与“二”用在女人身上是侮辱，同时也是对名正言顺女人的挑战。孔子又说：“不在其位，不谋其政。”而身在家庭“政事”中的妻子，怎么就纵容丈夫去“一生二，二生三”呢？

男女情多，情事难料。不敢妄评。婚礼上二人都说过“你是我的唯一”。有了外遇，起了二心，都不奇怪。因为“不是我的唯一”了。奇怪。爱，哪去了？

到中秋，念嫦娥

头上三尺有女神。

嫦娥是绝世美女，只有传说，没有绯闻。如今，别提倾国倾城的一代佳人，就是演个电视、拍个电影、录个广告、参加个车展的略有姿色女孩，谁没个八卦爆料？

嫦娥吃了长生药飞向月宫几千年了。被历代诗人赞叹、怀念、向往。纵然寂寞清秋，也有悲欢离合，大多无怨无悔。

历史上那些沉鱼落雁、闭月羞花的大美女们，被后人，尤其是男人看成糟蹋君主的红颜祸水。褒贬不一，激情难料。谁知二人世界到底是咋回事。

而，嫦娥的新闻与旧事都是正能量。没听说与后羿之外的男人多情。不知是没机会，还是驻守月亮，汲取灵气，了却了红尘心愿。但，她早已成为众多男人心中的女神。只有女神，男人才心存爱意，不敢乱碰乱摸，收起色心色胆，尽量把握分寸。

嫦娥也曾后悔。后悔吃了不老药，与心爱人分离永久，不能相聚。不知她现在是否还后悔？

她在天上，我在人间。世间乱象。时常有轻解罗衫，为利益与男人上床的轻浮女；有动辄就爱恨离别，因离婚而反目为仇的夫妻；更有卖淫嫖娼，被公安抓罢又继续登场的不良男女。

倒是为之庆幸。飞天奔月，与情长辞。虽然孤独，却是惊世骇俗的美丽，这美丽，在我们头上。头上三尺有女神。嫦娥曾经是人，现在是神，是女神。若负情、偷情、绝情，嫦娥看着你。若真情、纯情、至情，嫦娥祝福你。

于是，嫦娥成了众多男人心里的女神。有人念她，恋她，爱她。爱就爱了，她是神。哪个女人爱上上帝，男人会吃醋？

这女神，太神秘。一年只许看一次、思一回。到中秋，念嫦娥，情安悦。

今年中秋太吝啬。月不圆，天太远，雾霾深。我们期盼已久的嫦娥未出现。未出现也行，因为在心里。一个女人在男人心里了，还在乎见与不见，是悲是喜？

一年念一次，一生见一回。不怕时间久，不惧路途长。但，真正的路途遥远不是千里万里，而是家庭琐碎；真正的地久天长，不是婚礼上的热情无限，而是平凡中无奈的口舌相伴。

每个男人心中都有一个女神，实则是个女人。可能远在天边，可能近在眼前。但，一定要放在心里，像待女神一样待她。

不曾来过

有些人只适合思念，不适合见面。有些人只适合见面，不适合思念。

当我们，走进一所中国或世界的高等学府，感慨：我没来过。走进一个高级的、令人无比尊崇的单位，感慨：我没来过。走进一家世界顶级的公司，人均工资、待遇和受社会尊崇程度超过了太多人的期盼，感慨：我没来过。走进八宝山公墓，那里埋葬的都是党政军领导人和对国家有贡献的人，感慨：我没来过。

或者。

见到那个倾心的男人或女人，现在朝思暮想、曾经奋不顾身，但只能说：我没来过。看到别人有超级、奢华的享受与尊荣，无论多渴望，渴望得都想一死了之，只能说：我没来过。

还有。

那个车，那个包，那个别墅，那个金光闪闪的荣誉，那个玉石首饰、珠宝项链，那个电视剧中手挽手、肩并肩，轻声细语说着情话、做着情事的明星，那个高高在上的领导，那个大众瞩目的学位，那个有了千百万粉丝的微信或微博，那个不接你电话就可以将你的热情和真诚拒之门外的自我，那个做梦都想拥有的王国……

只能说：我没来过。

或许，以后会来，经过努力可能会来。但，至少现在没来过。

没来过，可以来，可以不来。取决的不仅是努力或权力。还有机会、年龄、性别和愿不愿意，也许还有我们不知道，但随时都有可能明白的真相。

生活里有好多我们不曾来过，不曾去过，不曾走过的经历。可能是辉煌，可能是阴暗，可能是兴奋，可能是侥幸。

突然发现，自己现在的状态最好。有了那么多“没来过”，就想“来过”。这是欣慰，是动力，是生活的希冀。

突然发现，自己现在的状态最好。有了那么多“没来过”，就想，此生永远也不会“来过”。没来过不是很好吗？

有时不该你来的，一旦来了就走不掉，与之激情、疯狂、粘贴、发霉、腐败在一起，那不是天堂，也不是地狱，是一种比天堂和地狱还不如的无奈和无助。

人生，何必都“来过”。有些人只适合思念，不适合见面。有些人只适合见面，不适合思念。

来与不来，你不是都在这里吗？

好好活着。

说浪得虚名

“德薄而位尊，智小而谋大，力小而任重”都是祸患。

因为渴望，所以疯狂。

可以夜以继日、卑躬屈膝，也可以借势而窜，达到高度。一直憧憬着姚明，实则是潘长江的身材。没有达到那种高级水平、笃志境界和物外之趣，听到的是波浪拍打空响和自己折腾之后的残留。这叫浪得虚名。

人们不愿承认自己的虚伪，如同不愿承认自己“浪”一样。浪，可能是勤奋，可能是聪明，也可能是疯狂、狡诈和欺瞒。

因“浪”而得名。

出了名，就有了身份；有了身份，就可以嚣张；有了嚣张，就可以卖高价。是一种自己不经意的嚣张，但却被很多人看在眼里，记在心上，骂在嘴中。说这人真“浪”！

很多人在“浪”。有男人，有女人，有男人和女人。激起风浪，让自己浪得逍遥、如意、辉煌。最好，还要“浪”于无形。

一般人是“浪”不够、“浪”不起的。显势，耀权，炫富，亮色，晒骚。冷静下来一看，还有比自己“浪”得多的人。于是继续“浪”。但，比比皆“浪”何时了？“浪”到何时才是头！

终于有人明白。“德薄而位尊，智小而谋大，力小而任重”都是祸患。轻则身败名裂，重则家败身亡。

还敢“浪”？

居里夫人的朋友到她家做客，发现她小女儿正在玩那枚奖章，忙问，你应该知道能得到一枚英国皇家协会颁发的金质奖章是多么高的荣誉，你怎么能把它给孩子玩呢？

居里夫人说，我是想让孩子们从小就知道，荣誉就像玩具，只能玩玩而已，绝不能永远守着它，否则将一事无成。

居里夫人没有“浪”，所以名垂千古。你若想“浪”，必定遗臭万年！

还“浪”？

“浪名”是非多。若抵挡不住是非，最好别“浪”。

多点责任，少点轻狂；多点诚实，少点虚伪；多点与人为善，少点浪得虚名。您看如何？

人的命

人是有两条命的，一条动命，一条静命。

参观监狱是个很残酷的事。更残酷的是监狱里的有些人是自己曾经的同事，不乏领导或下属。惊心动魄，心存侥幸，追悔莫及，心有余悸，皆而有之。

国家发改委组织200多名司处级领导干部参观燕城监狱，参观人员受到“极大震撼”。

一位检察官说，所有入狱官员都有共同的人生轨迹：奋斗的青年、辉煌的中年和凄凉的晚年。

晚年怎么就凄凉和哀惨了呢？

是心动。

辉煌的瞩目驾驭不了亟待扩张的心。身体，这庞然大物，被那颗幼小的心灵急匆匆、不安分地推动上路。最后，身心受罚，血本无归。

人容易在取得成就后躁动。偶尔躁动，即可停下，有药可救。就怕让躁动持续，不加控制，还自以为是。那是疯狂。直至死亡。

狂风是刮不了一早晨的，暴雨也下不了一整天。谁让狂风暴雨躁动？是天地。天地都不能维持这种剧烈的躁动，更何况你是个人？

人是有两条命的。一条叫动命，一条叫静命。能让自己安宁寂静，无论在多复杂的局势下，多有魅力的诱惑中都保持虚静，就叫静命。静命是天地赋予成功者的一条新生命，大人物都是靠着这条命来闯世界的。这种命不会褪色，很少受挫，收获大成。

太多人只有动命。无休无止地追求，变本加厉地索取，最后迎来招架不了的横祸。这叫妄作，叫胡来。乃大凶。

所以，《大学》云：知止而后有定，定而后能静，静而后能安，安而后能虑，虑而后能得。

人是有两条命的，一条动命，一条静命。若只动不静，您说亏吗？

和岁月叫板

人有两个不能挣，一个是命，一个是岁月。

朋友的朋友去韩国整容，花了70万。把四十几岁整成19岁。

看其照片，大眼，高鼻，小嘴。娇俏可人，妩媚多姿。虽也明眸酷齿，但却没有19岁的清新文静、蕙质兰心。

突然产生一个很不雅的想法，她的激情和各项功能也能“19岁”？

整容说明三个问题，一是对生活的热爱，想把美丽留存得久一些；二是缺乏自信，脸蛋不美丽，生活没热情；当然，还有一种是偏好，什么也不为，阴天打孩子——闲着也闲着。玩儿呗！

人有两个不能挣，一个是命，一个是岁月。而整容纯粹是在和岁月叫板。你让我老，我偏不老。能留几时是几时。有点像某局长赖着办公室不走，说自己为党贡献一生，凭什么让我现在退休？

若因为缺乏自信去整容就有些脆弱了。是心理脆弱。以为有一张金玉其外的脸，就可以留住青春，留住男人，留住心情。而，青春、男人、心情都是一路货色。你越留他，他越得寸进尺、变本加厉。直到你依赖成瘾，伤得体无完肤、哀心若死才算完。看着镜子里昂贵的脸，却无悦己者阅。这日子怎么过！

至于偏好吗？跟嗑瓜子似的，没事整着玩儿，我还真没见过。女人画个指甲、买件新衣都要反复问男人好看不好看。把一张脸皮给人家，冒着“不要脸”的风险，谁去闹着玩！

男人都爱看美脸、美胸、美腿、美臀、美……

但都挨个整也没那么多时间呀。咋办？美心。那种善良的女人，善意的目光，善慈的面容，我是看不够的。此是大美。善哉！我乃好色之徒。

女人，19 岁纯净；29 岁盛开；39 岁风韵；49 岁和善；59 岁慈祥；69 岁、79 岁、89 岁，就随心所欲地活跃，因为是男人和家中的宝贝。

最后想说，不是反对整容，建议和心灵一块整。

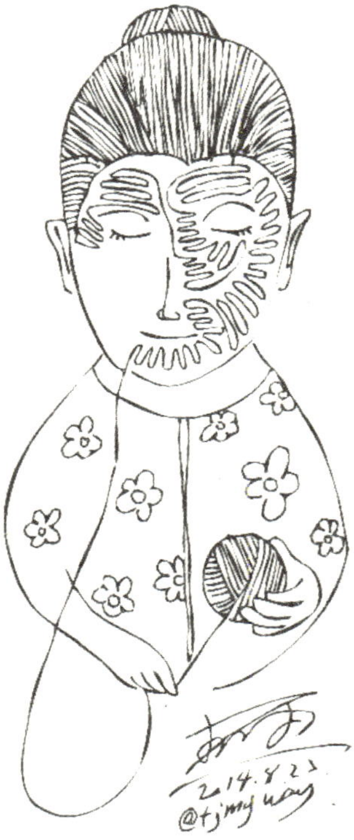

天地之间

可能你从来未把它丢失，但死后它却把你丢掉。

名家送一把写意山水扇。

时常在手中折甩玩耍、摆弄轻扇。用餐、喝茶、开会，人到哪里，扇到哪里。总有人夸奖艳羡，啧啧称赞。

那日。

酒桌上友人传阅，纷说此扇价值数万，扇一扇也值一百。明知玩笑，心里亦美。人之肤浅在于被物役其中还欣然欢悦。自酒桌离开时竟然忘记了“神扇”。次日与朋友聊天时，感觉手中缺少了什么。仔细掂量，原来“神扇”丢失！

朋友自责，说都怪我没有给你看好。

朋友是尽责。虽然把玩，我却疏忽。恋而不舍，稍有心疼。顷刻，觉得一把扇子，不过如此，岂能让一个物件影响自己心智、众人情趣？

怅然后怡然。丢就丢了。只丢扇，未丢人。天津人丢扇子，被天津人捡去，乃取之于津用之于津。

此语一出，众人叫好。不愧为学者风范，格局高远，卓尔不群。

另一朋友听罢，把刚喝的茶杯轻置于茶几，微微一笑说，应把天津二字去掉，北京人、南京人、美国人捡去就不好了吗？

大家把目光转向他去。是呀，“同是人，皆须爱；天同覆，地同在”。

何必有地域局限？不就一把扇子吗，再值钱也是扇子。管它谁用，是人就行！

一旁久坐不语的长者终于开口，说为何要固执于人呢？我建议把天津、北京、南京和美国字样去掉，把人也去掉。

啊？

那成什么了？

一把扇子，由木材加工而成，遗失人间，奉还天地。管它何处、何时、何人？即使经过风吹、日晒、雨淋腐朽成肥料，当是给植物夹持。若被动物撕咬、游戏后弃置，也生出它物外价值。

……

一把扇子尚且如此，身外之物又当如何？再贵，再美，再豪华，再高贵，最后都不属于自己。可能你从来未把它丢失，但死后它却把你丢掉。

还是不要奢望金玉满堂了，也莫要追求长命富贵，人之计较、争夺，于历史、天地间算得了什么！

如心

凡事以自己心衡量，及他人心合适。

早晨。

见人群围绕，两男人大吵。原来是开车微小剐蹭。为何如此动怒？被剐蹭人说剐蹭人是故意的，且无丝毫道歉之意。剐蹭人说根本就没看见对方的车，为何要赔礼道歉？

听罢，没有驻足，继续前行。

车本无意，人却有心。是相互戒备、彼此防范之心。有了疑心之人，是不会原谅对方的，而且会生出诸多事端。很可能大打出手，也可能对簿公堂。

最早的心不这样，都是空的，因为生活加载了狭隘与自私，所以疑心重重。

那日。

荡舟湖上，与友人饮酒小叙。忽然，一小船向我们的船撞来，一次，两次，三次。虽无大碍，酒杯却有些不稳。

友人怒气走出舱，欲喝喊理论。刚要叫阵，见船中没有划桨人。又径直走回船舱，继续端杯饮酒，兴致不减。口中自语，一艘空船，一艘空船，不必计较！

想，那空船的撞击力度定超过车的剐蹭，友人为何不急？因为是空船，撞击了无戒备之心。心无戒备，便是空心。空船撞空心，还不是空？

曾经。

总有怨气。怨家人，怨友人，怨爱人。总是不如人意。怒、怨、恨、烦、悔时常围绕于心。经过多年体味，是自己关怀他人不够，总以自我为中心。

终于。

明白助人、爱人是为自己。于是“己所不欲，勿施于人”“以责人之心责己，以谅己之心谅人”。这应是恕。如心。如自己心，谅他人心。凡事以自己心衡量，及他人心合适。量亲，量友，量爱，量小人，量风雨，量天地。

乃悦。

无心之箭

世界气象万千，若不了然于胸，任你有千般能耐，怎敌恶劣环境？

梦中。

自己苦练勤学，终成一名神箭射手。左手持弓，右手搭箭，一碗满满的水放在左胳膊臂弯处，拉弓射箭。嗖的一声，第一支箭迅速射出，第二支业已搭好，第二支箭成功射出，第三支又稳稳地搭在弦上。臂弯处的水点滴不洒。人像一尊木头，岿然未动。掌声、欢呼声潮起，鲜花、美女簇拥。

志满意得，傲视群雄。

一白发老者走到身后，轻拍我肩。说先生箭法高明，炉火纯青，可谓极致。但，你乃有心之射，并非无心之射。

我轻蔑回头，佯装谦虚。声音怪异：阁下如何射箭？

老者微微一笑，说我邀你登高山，履危石，临百仞之渊。如何？

我身怀绝技，难道怕你不成？于是与老者上山。

二人走上高高的山冈，踩着风化的碎石。老者走向百丈深渊，一脚在后，一脚踩在涯边，在前的那只脚的前脚掌在涯外，脚后跟在涯里。说，你也来吧，来这里射箭。

山风呼啸，树林唰响。我手持弓箭，几乎要承受不住它的分量。腿发软，眼发酸，心发颤。大汗淋漓，自头一直流到脚跟。

老者立于山崖之上，稳如泰山。说，你现在已经心惊胆战，再让你射中目标，恐怕可能性太小了……

突然惊醒，原来是梦。心有余悸。暗中思忖，是自己过于急功近利才做此梦吧？世界气象万千，若不了然于胸，任你有千般能耐，怎敌恶劣环境？在困境、窘境、险境中生存，还可游刃有余地发挥特长，会做有心之射，也会做无心之射，这应是人生的硬功夫吧！

你变了吧

生活中要记住三个词：选择、机会和改变。

做早餐。

发现垃圾桶被妻子清洗后拿到厨房外间。扔个菜叶、抛个蛋壳要多走好几步。甚是麻烦。

垃圾桶经常清洗，洗一次换个位置。做饭时便随着垃圾桶的位置走动。或远，或近，或左，或右，或里，或外。

忽想。

为何不把垃圾桶拿回，放到顺手位置，既减轻运动量，又节省时间，还控制垃圾撒漏。随即，用几秒钟把垃圾桶从外屋拿回里屋。

思考。

一个垃圾筒换了位置，就让人有不适的感觉。做了若干年饭，也未曾想改变垃圾桶位置，而是让我做饭的走动随垃圾桶移动。太蠢了！

如生活。

有人觉得不舒服、不快乐、不幸福。为何？认为自己本应不舒服、不快乐、不幸福。倒觉得舒服、快乐和幸福属于别人，与自己无缘。于是，便把不舒服、不快乐、不幸福当正常。

一生不变是悲哀的。如厨房垃圾桶，有力量改变位置，却没心情改变思路。别扭就别扭吧，反正也不是我一个人。

人长期生活在被动中，会被小事影响心情，被小人搞得晕头转向，被小的坎坷绊倒，以为遇到灭顶之灾。

厨房中是有创意的，比如把MP3带进去，边做饭边听音乐。路上堵车是有创意的，任车水马龙停滞成停车场，让四周的喇叭声、喝骂声、怨怒声不绝于耳，拿出早已准备好的书，轻轻阅读。婚姻不幸是有创意的，无论任何结果，都不输自己的活力、优雅和本真。

打开微信，看到朋友发来的中英文经典句子：生活中要记住三个词：选择、机会和改变。你必须抓住机会，做出选择，否则生活只会一成不变。

摸腿三加一

女孩们当明白，地铁内不都是正人君子，也不全是佛儒之辈。

生活里可以摸自己腿，也可以摸“自己人”腿。若于公共场合摸别人腿叫“流氓来了”。

上海一男士在地铁内摸女孩大腿，被开除党籍。

感触有三。

一、那先生以为女孩腿是自己腿或“自己人”腿。摸错了。但，你可以错摸，党纪国法不会错判。所以，过日子尽量别瞎摸。

二、睡着了，一睁眼，白花花大腿炫于眼前。男人都有想摸的欲望。但有道德的人不会去摸，克制欲望的人也不会去摸。所以，加强道德修养和克制欲望很重要。

三、没有白摸的大腿。摸了就要付出代价，为自己的行为买单。古人犯“一怒为红颜”的毛病，所以失家国。现代人犯“一淫就摸腿”的毛病，所以被开除党籍。有些人总会因为那点小贪婪而把全局或整个人生毁了。所以，“摸腿”前先算账，若赔的太多还是别“摸”。

感触加一。

夏日清凉，谨慎穿衣。女孩们当明白，地铁内不都是正人君子，也不全是佛儒之辈。你知道那“摸腿男”也冤枉。他说他是男人，见了这么美丽的腿若不摸一把，怎么证明自己的审美优雅。从某种意义上说，男人的生猛度来自女人的“杀伤力”。

朋友老婆真美丽

读书可以让女人率真、淳朴、静美、优雅。当然，还有智慧和善良。

一度不愿到朋友店里去。因其妻站在柜台内，眼睛盯着进出的顾客，表情肃穆，眼神萧杀，面容冷峻。

朋友也曾困惑，说妻子时常发怒，且夫妻交流困难。

时隔一年，见到夫妻二人。说笑、恩爱如新婚，带着幸福悄然袭来。

感觉朋友的妻子变了个模样，以前的愁容、怒气和刻薄一扫而光，换之而来的是脸颊靓丽、眼神柔和。

问其是否最近在做美容？

她说哪里做美容，是与老公一起读书、听课，心里豁亮了，自然就觉得自己好看了。

这也正是我料到的。一个女人内心纠结，怀疑老公，怀疑员工，怀疑身边的人和事，是无论如何也美丽不起来的。不但美丽不起来，生意也好不起来。哪个顾客愿意看一张冰冷而无情的脸？

我心里特高兴。为朋友的幸福高兴，为朋友妻子的美丽而高兴。

女人的美丽和魅力来自于文化。没有内涵的女人即使换了肤、整了容、增了三围，但眼睛里也印记着凡俗。一开口，便把姿色给糟蹋了。

有人曾问我，女人读那么多书有啥用？也顶不了吃喝穿戴，也顶不了房子、车子，也改变不了社会地位。

我说没大用。但读书可以让女人率真、淳朴、静美、优雅。当然，还有智慧和善良。

而这些可以舒展自己的人生，抚慰男人的心灵。这是幸福。幸福的女人还用发愁于吃喝穿戴、房子、车子吗？

向大学生致敬

社会服务成本高，又不能满足需求，就要涨价。涨价不成，便影响生活和心情。

楼下早餐店烙饼，饼里夹鸡排、肉串和土豆丝什么的，配豆浆或粥，收五六块、七八块。经常有人排队。现在，早餐店已经不愿意单独卖饼了，因那样做一份早餐会减少两三块收入。

他家烙饼好吃，很多人只想买饼。于是便有怨言。卖方冷言冷语，买方心情不爽。

我也单独买饼，每次多给一两元钱算做对人家的劳动成本的肯定。老板嘴上客气，但并不推辞。我也吃得其所。

北京出租车司机喜欢乘客用微信支付，对于短途不愿接现金。因收了现金就得不到运营商补贴的五块钱。但也有人用打车软件叫车却不用微信支付，便在表达目的需求后附带一句：小费五元！

司机说这样心理平衡。不然，没有“附加”的单子不想接。

社会服务成本高，又不能满足需求，就要涨价。涨价不成，便影响生活和心情。这就是出租车难打的原因了。

如餐厅服务员，你让她服务态度好，她说老板没给她那么多钱。也如快递员，无礼和生硬习以为常。若听他们打电话说“你好”，感觉特幸福。

家里装修，想和民工把价格谈低点，但工人毫不退让，口中念念有词：你以为我们是大学生？我们是农民工！

若大学生可以卖早餐、开出租、干快递、当民工，想来生活成本就不那么高了。大学生，花了爹妈几十万上学，还挣不过农民工？别硬挺了。屈身干吧！

抓住与逃脱

我们有两只手，却不能同时做两件事。那么，人只有一份精力，怎能做得了多件事？

朋友一起，有音乐，有说笑，互加微信，寒暄问好。

做游戏可调节气氛，增进感情。

十人围坐一桌。纷纷举起左手，放在左边朋友身边。再同时用右手食指点按在伸过来的左手心上。依次效仿，手手相连。

主持人调侃。若言谈中出现“三”或“山”的发音，大家则用左手用力抓掌中手指，同时自己的右手食指要迅速逃脱。

试了几轮，大多是右手食指被人抓住，或左手抓住别人食指，还有可能，就是右手逃脱，而左手也抓不住别人手指。

几乎很少有人能右手逃脱的同时，左手也抓住人家的右手。

既能抓住又能逃脱者为何甚少？

我们有两只手，却不能同时做两件事。那么，人只有一份精力，怎能做得了多件事？

一场课程，听懂一句就够了。一次活动，记住一个人、交一个朋友、成就一个机会就够了。人的一生，跟对一个人、爱对一个人就够了。

莫贪求。

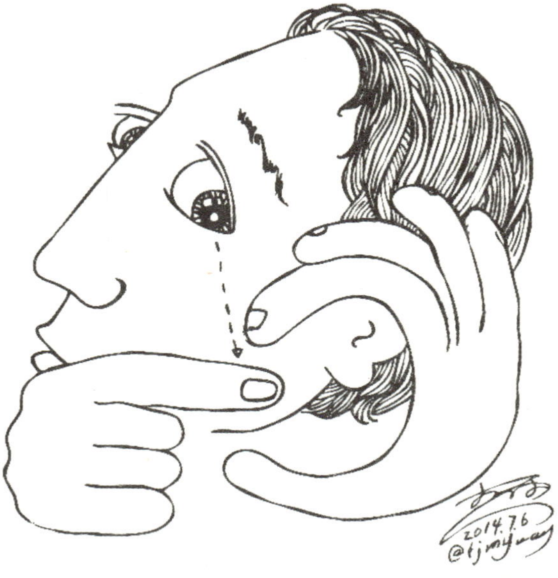
2014.7.6

实际，那是救你

有时，阻止你成功的人，恰是救你的人。

烈日炎炎。小伙儿长途跋涉、饥渴难耐。终见一户人家，敲门讨水。

老太太慈眉善目，端来一大瓢清洌冰凉的井水。小伙子欣喜若狂、连声道谢。正欲端瓢畅饮，不料老太把手中一把枯草轻置瓢中，转身离去。

小伙儿惊诧疑惑。但也顾不了太多，用嘴吹着枯草，慢慢将水饮尽。长吁一口。走到屋内致谢告别。顺便问起，老人家为何在我急需饮水之际，抓枯草阻我痛饮？

老太说，你剧烈运动、大汗淋漓、重度缺水，身体热量剧增，体内的器官处于“高热”之中。若一时痛快，大量饮用凉水，会使喉咙、食管、胃等器官遇冷而急剧收缩，轻者会引起胃痉挛、胃绞痛，重者可引起晕厥导致死亡！这就是俗话所说的“炸肺”。

小伙大惊，磕头谢恩。

生活中，我们有时也同小伙一般。经过奋斗付出，渴望功成名就。而就在即将胜利之时，却遭小人攻击、朋友质疑、亲人不屑。明明属于自己的果实竟不翼而飞。

实际，这些正是老太手中的那把枯草，让你慢慢来、缓缓走、踏实行。快速的成功、过度的喜悦、亢奋的情怀，哪个受得了！

有时，阻止你成功的人，恰是救你的人。

心中的那扇门

有智者告诉我，真正的豁达开明是包容，是理解，是不以自我为中心。

于朋友处喝茶。起身到露台上打个电话，使了很大劲就是拉不开那扇门。朋友说若拉不开，推可能会行。

轻轻一推，果然开了。

原来他是禅意。

生活里我们常为了某事较真，固执得一头牛也难拉回。但有时固执未必是最好的方法，也未必是最近的路程。有时的坚持是对的，有时的坚持却是错的。不是想办事吗？可以退让、妥协、改变。像那扇门一样，拉不开就推嘛！

如一根绳，只有拉才可顺利前进。你若竭尽全力推它，想猴年马月也难成功。

还是水博大。

孔子说它奔流不息，是哺育一切生灵的乳汁，它好像有德行；没有一定的形状，或方或长，流必向下，和顺温柔，好像有情义；穿山岩，凿石壁，从无惧色，好像有志向；万物入水，必能荡涤污垢，它好像善施教化。

有高人传授了我移山大法，他说山不过来我就过去。有智者告诉我，真正的豁达开明是包容，是理解，是不以自我为中心。

生活里的那扇门，也是您心中的那道坎儿。推一把，就过去了！

足球与篮球

人生的赛场没有不成功，只有不合适。

篮球比赛比足球比赛进球多，证明手比脚灵活。足球场比篮球场长，证明脚比手有力量。

篮球筐比足球门高，所以运动员需要高个子。足球门比篮球筐低，所以运动员不需要强调身高。

若。

把篮球运动员安排在足球场，把足球运动员派送到篮球场。估计，哪个都不优秀。

生活如球场。

有时候您的失败未必是自己不行。有可能您是篮球运动员而到了足球场，也有可能您是足球运动员却到了篮球场。任凭一味坚持、辛苦努力，恐也难收太大成效。

站错位、选错行，是较大的悲哀。人生的赛场没有不成功，只有不合适。

小说方圆

经常直行会累、会苦、会危险。所以，需要拐弯。

方，是规矩。圆，是融通。吃饭时围坐圆桌是互相之间的融通，但每个人心中都固守一方天地。

方，是根本。圆，是妥协。谈判的时候，为了实现自己的根本，才去和对方妥协。妥协是一条路径，这条路径通向根本。

方，是直行。圆，是拐弯。经常直行会累、会苦、会危险。所以，需要拐弯。拐弯是休息，是情趣，是安全。人生哪有那么多直行？有一种前进叫拐弯。

方，是刚强。圆，是柔美。方中有圆，圆中有方。如天地、日月、昼夜、寒暑、男女、上下、长短、快慢、进退、安危、美丑、祸福、聚散，岂能独立存在？

做人须方，做事应圆。当方则方，当圆则圆。方圆相济，万里福田。

婚姻缘何不幸福

大多人不幸福的原因，是总拿人家的长处比自己的弱点，而忘记了自己的所有正是别人的渴求。

妻子每晚到小区公园与一群女人跳广场舞。

那日，说跳到一半就口渴，要我帮她送茶。于是送茶。回来后满面红光，说人家都夸她幸福。自己放松跳舞，老公贴心送茶。

次日，说还送茶。

问：自己带不也可以吗？

妻愠怒：那能一样吗？

明白了。原来她需要众人夸奖和羡慕的幸福。

又日，和儿子切两个大西瓜，分成若干小块，端大盆，给一群女人送去。正值乐猛舞酣、人热口渴，忽见西瓜，蜂拥围吃。

妻子回来兴奋不已、赞不绝口。说女人们不但夸奖和羡慕，还有人嫉妒，并声称也让丈夫买西瓜送来。

我觉得自己不过做了一件应该做的小事，却给了这么高的荣誉。激动得有些乱了分寸，不知该感谢谁。

我说还送吗？要不我到市场批发一车每人发一个！

……

前几天到朋友家做客，妻子回来黯然神伤。说人家夫妻才是真感情，你看一起吃饭时彼此的照顾、真切的目光。咱，凑合过吧！

心想，前几天人家两口子打架你知道吗？再说，他给她送过西瓜吗？

每个人的婚姻都想往好处过的。大多人不幸福的原因，是总拿人家的长处比自己的弱点，而忘记了自己的所有正是别人的渴求。

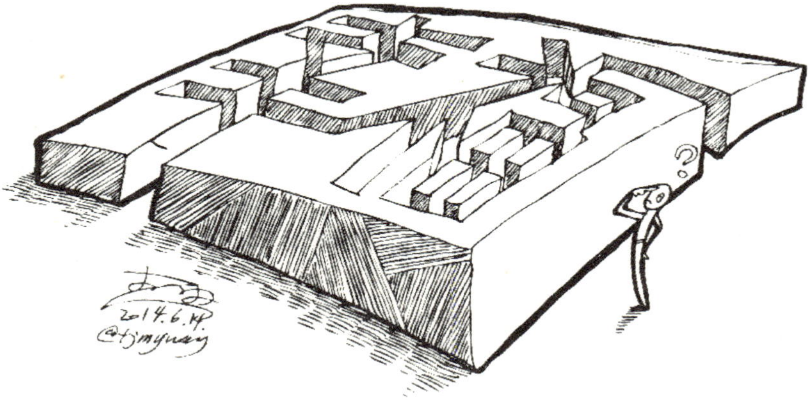

人世间

若不珍惜时间，很快就会在世间消失。若不努力实践，岂不枉来世间？

世间＝时间＝实践。

想在世间活好有两个硬条件：珍惜时间和努力实践。

若不珍惜时间，很快就会在世间消失。若不努力实践，岂不枉来世间？

实践，就是踏踏实实过生活，不虚浮、不虚荣，却虚心。

时间，是世间最平等、最公平、最公正、最无私的东西。不分官职，不计贫富，不论男女，不顾荣辱，不管高低、大小、多少、来去。在您的面前、身边、印象、记忆和血液中。

世间，世界之间。当然还有世界之外。可能世界之外不用时间和实践，我们没去过。但，在世间就应珍惜时间和努力实践。

人，要努力地活在世间。

成功三加一

任务愈来愈小，诱惑愈来愈少，烦恼愈来愈释怀，情致愈来愈优雅。

朋友说但凡成功之人大多具备三个条件：一是理想，二是事业，三是兴趣。

理想，是人的方向。很多人拼搏、劳顿一生，却一直为眼前利益奋斗，能好到哪去？

事业，是实现价值和被社会认可的途径。但一定要喜欢，要珍惜，甚至像谈恋爱一样爱它，才能成大业。这是兴趣。

我说再加一点。

哪点？朋友问。

“加减成功法”。即加能力，减任务。让自己的思路愈来愈清晰，性格愈来愈健全，心胸愈来愈宽阔，力量愈来愈强大。而，任务愈来愈小，诱惑愈来愈少，烦恼愈来愈释怀，情致愈来愈优雅。

如此。

事，必强，必大，必好。心，必悦。

赋予的迷失

美好的生活不在于有，也不在于没有，而在于有与没有都坦然相待，坦荡相对。

小时。

总唱一首台湾歌曲：旧鞋子还没有穿破以前，先不要急着把新鞋子换上；新鞋子还没有买来以前，先不要忙着把旧鞋子脱掉。

朋友送来几双鞋，放在家里一段时间了。那天突然想试试，可自己并不缺少鞋子。

穿上新鞋，感觉挺好。旧鞋没破，也只好暂时退役。对不起，我喜新厌旧了。可不是成心呀，新鞋不穿也会变旧呀！

那天。

因为大哥送的鱼缸，觉得不养鱼也闲置，于是家里也养起了鱼。

上月。

朋友送两桶黑啤酒和晶莹剔透的啤酒杯。酒桶精致，酒杯精美。便有打开品尝的欲望。喝了一杯，又喝一杯，再喝一杯。竟醉了。次日早晨想，我不是被啤酒灌醉的，而是被精美酒杯和精致酒桶灌醉的。

前年。

亲戚送了一只活泼可爱的小白狗。妻子、儿子和女儿异常兴奋，为它起名，带它遛弯，给它洗澡。两年后，小狗死了。家里阴霾多日。奇怪，这种附加的悲哀是谁给带来的？

生活很是有趣。当你不去拒绝，为景、为情、为物所爱时，有可能这种爱是无意的，但已经被物役了。很可能快乐，也可能悲伤。

但，最早，没有被生活赐予时，没有遇到心爱或欢喜时，我们生活都很简单。即使贫穷，也一心向前。毫无悲伤，从不迷惑。

从何时起，一得到就高兴，一失去就伤心？

原来，美好的生活不在于有，也不在于没有，而在于有与没有都坦然相待，坦荡相对。这样，就不迷失自己了。

值得庆贺

做贼的是他，而不是我们，也值得庆贺。

下午。

妈来电。说家里失盗。屋内、柜里被贼倒腾得一片狼藉，丢现金1000多元。

晚晌。

驱车回村。

进门便听妈“夸奖”小偷识货。存折、证件、橄榄油和烟酒一律幸免，就连我从越南为她买回的镯子也安然未动（因越南买回的价格不贵）。只是，朋友送父亲的镀金打火机被顺手牵羊。

我微笑。炒菜，喝酒。祝贺！

妻、女、父、母惊诧，问何故？

我说只丢1000多元，不是财产全部，值得庆贺；丢失的只是钱财而不是生命，值得庆贺；做贼的是他，而不是我们，也值得庆贺。

2014.5.25
@tjmyway

不接电话为哪般

手机是个感应器。不接电话有不接的道理，不回信息有不回的心情。

有时忙碌，会有未接电话。

回电话时，要有顺序。按时间依次回。最好别挑拣。很多人有两个号码，一个你知道的，一个你不熟的。他在拨电话时第一次无人接，可能会拨第二次，说不定用另一个你不熟悉的号码。若跳过知道的号码，回复不熟悉的，对方接起后心里会不爽，原来你成心躲我呀！

当然，有可能是骚扰电话。除非你明确，不然，我建议每个都回过去，若听到对方传来卖房、卖车、中奖、办证、推销金币、法院传票、成功学课程等声音，就一笑挂掉吧。

把电话打给别人，也有不回的时候。原因有三：一、对方太忙或静音而忽略回复。但有人会礼貌地在短信、微信中告知。当然，也有择日回复的。二、没必要回，因为不重要。三、有意躲避。事后见面说，哎呀，太忙，没顾得看手机。这应是最没水平的搪塞了。

人们每天除了打电话，要用手机上微信、刷微博、玩游戏、聊 QQ、看视频，还有人用其记事、算账，平均一天看 200 次手机。若每次都没看见未接电话，能说明什么？不是彻底忘记，就是把你的号码标记为骚扰电话、把你当成要躲避的瘟神了。

手机是个感应器。不接电话有不接的道理，不回信息有不回的心情。不必强求。从某种意义上讲，这可以证明你在人家心里的位置。

打与不打是你的事，接与不接是别人的事。回与不回别太当回事。

说信

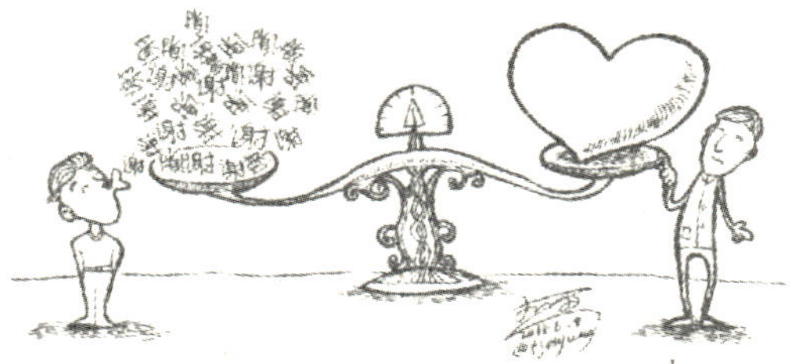

¥50万

自然

天堂里有你的书房

他的遗像是微笑和矍铄，我的心情是沉重和不舍。

到北大人文学苑设立的灵堂悼念国学泰斗汤一介先生。

是携妻子、儿子和女儿一起去的。以全家之力，送先生一程；以全家之心，瞻仰先生遗容；以全家之情，感恩先生对国学贡献之卓越。

昨晚接到雷原教授讣告短信。携妻带子是临时决定的。虽然妻儿未曾谋面先生，但去感受其桃李不言、下自成蹊的伟大，见证中国一个为国学付出毕生精力、智慧和勇敢之人的巨大能量场，是十分有必要的。还有个自私的心理，学校里面的孩子都有意无意地比吃穿享受，比谁出过国、去过名山大川，比谁家有别墅豪车。想让孩子和人“比”的时候说“我参加过汤一介先生的葬礼”。

现场肃穆安静。一家四口佩戴小白花，为先生鞠躬送行。他的遗像是微笑和矍铄，我的心情是沉重和不舍。

我相信，先生未完遗愿会在天地浑然之间完成的。因为有他的学生、社会的力量、政府的关怀和他在天之灵的祝福。他何止是祝福，而是依然在努力。

20 世纪 90 年代，先生重提编纂《儒藏》之议。2002 年 10 月，北京大学决定整合文科院系的力量，并联合有关高等院校和学术机构，启动《儒藏》工程。编纂工程竣工后应有 10 亿文字。计算一下，我用一

年创作大约 40 万字，按此目标，大约需 2500 年才可望其项背，如今只是望尘莫及。

这就是崇高与伟岸。我辈没有别的理由，只能“学如不及，犹恐失之”。

现场除了儿女送的花圈外，右侧是习近平、李克强、俞正声等党和国家领导人所送的花圈。左侧是中组部、中宣部、教育部、广电总局和国内外有关机构送的花圈。还有欧阳中石等各界名流的挽联。

感触极深。

“一介书生”汤先生，竟受国人如此爱戴！

“子曰：君子疾没世而名不称焉。”孔子忧患人至死而名声不被人称颂。汤先生做到了。

《离骚》云：“老冉冉其将至兮，恐修名之不立。”屈原觉得自己的老将要渐渐到来，担心美好的名声来不及树立。汤先生做到了。

先生走好，天堂里也有你的书房！

我的写作真好玩

脖可硬，腰可凸，写作不能丢。

小学二年级受外伤，多年来一直受颈椎病煎熬。

妈说是遗传，你爸也颈椎病。

我“颈椎”30年了，我爸刚得10年，您说谁遗传给谁？

妈笑着说，你“混蛋”！

最早坐着写作。一篇文章下来，头昏眼花、天地混沌、眼冒金星。妻子安慰说，这样好，总见“金星”不寂寞，估计家里要发财。

后来坚持不住，就坐小板凳，把电脑放在椅子上。如此便可高处抬头，低处着手，如鹅一般“曲项向天歌，红掌拨清波”。如此在键盘上写，对颈椎就有利了。写了两年成绩没突出，腰椎间盘凸出了。

脖可硬，腰可凸，写作不能丢。

又想出办法，趴着写。无论在家、办公室，还是住酒店，都把笔记本平放在桌子上，整个人趴上去。这下一举三得。颈椎舒服了，腰椎也舒服了，还可暂缓疲劳。觉得自己真是个天才。那天出差到内蒙古，朋友到我房间吓一跳，问我是否在练“蛤蟆功”。

问题又来了。趴着写久了，双肘支撑不住。肩周炎犯了！一般人50岁患此病，我比人家整提前10年。有病不在年高嘛。肩周疼痛异常强烈，下影响胳膊，上影响颈椎，白天影响上班，晚上影响睡觉。几个月下来，

人憔悴不堪。

还得改！

站着写。

把椅子放在办公桌上，笔记本放在椅子上。高矮适宜，体力适度。后来听我哥说句健康的话：能站着，不坐着，能坐着，不躺着，能躺着，不趴着。我异常兴奋，这回的选择咋这正确呢，一下子从趴着上升到站着！

每天站着写。无论春夏秋冬，白天黑夜。真好！

坚持 20 多年，每天早晨 5 点起床创作两小时。直到前几个月发现妻子是极其不愿意做早餐的。无奈膝下一双儿女等着吃饭、上学。直到那次见她穿着睡衣、闭着眼，把前一晚的剩粥和烧饼放进微波炉，打开燃气灶迅速炒两个鸡蛋，整套动作不到 3 分钟。然后，又回到床上大睡。我甚是佩服其如梦游般的熟练与优雅。感觉我早晨写文章的末日来到了。因为妻子不愿意早起，我又特愿意儿女吃上可口、可心的早餐。于是，晚上写文章，继续写深刻简约的文章。早晨做早餐，做天下最好吃的早餐。

无论如何要写，快乐地写。若一天不写，可能是有特殊事情发生。若一周不写，可能有重要事件缠绕。若一月不写，可能身体发生疾病。若三月不写，估计我死了。

审阅生死

因为你自己过不去，身边所有人就都和你过不去。

8 月 31 日拜访了南开大学教授齐善鸿。晚上看新闻，说翻译家孙忠旭自杀了。

孙忠旭之死与齐善鸿有关？别瞎想！但，若孙忠旭向齐善鸿一样地活，定不会抑郁而亡。

孙忠旭翻译了英国作家奥威尔的《一九八四》和《动物庄园》。此“二作”均深刻分析极权主义社会，刻画了令人窒息和恐怖的、以追逐权力为最终目标的假想未来社会。通过对社会中普通人生活的刻画，投射出现实生活中极权主义的本质。

尤其《动物庄园》。

一农庄动物不堪人类压迫，在猪带领下起来反抗，赶走了农庄主。牲畜们实现了“当家做主”，奉行“一律平等”。之后，两只处于领导地位的猪为权力而互相倾轧，胜利者一方宣布另一方是叛徒、内奸。获取了领导权的猪拥有了越来越大的权力，成为新的特权阶级。动物们稍有不满，便会招致血腥清洗。

他又翻译了美国作家塞林格的小说《麦田里的守望者》。

书中说，精神生活比物质生活更为重要。16 岁的主人公是中学生。非但不用心读书，反而在学校里谈女人、喝酒、性交。被开除后不敢回家，只身在纽约街头游荡。内心十分苦闷。企图逃出虚伪的成人世界去寻找纯洁的感受与富有真理的经历。这种精神上无法调和的极度矛盾最终令他彻底崩溃，躺倒在精神病院里。

孙忠旭为何抑郁？这是我认为的答案。他内心世界怅惘、苦痛、矛盾、煎熬。而这些感觉恰恰与生活脱轨。一个红尘中人，总想出尘之事；一个现实中人，总想遥远之事；一个活着的人，总想死人之事。

能不抑郁？

齐善鸿不抑郁。他把儒、道、释、法、墨、医和科学糅合起来读。读后又走出来。重新用“齐式”眼光审阅经典、世界、人情、生死。

他，“为学日益，为道日损，损之又损，以至于无为”。一个无为之人哪知抑郁为何物？与天地同生共死，岂不乐哉！这是“天长地久”。“天地所以能长且久者，以其不自生，故能长生”。

不自生，就是不自私。不自私就是让自己过得去。因为你自己过不去，身边所有人都和你过不去。

缅怀，致力于翻译西方讽刺文学的翻译家孙忠旭。尊敬，弘扬中国传统文化的国学家齐善鸿。

我知道：我不知

狠心大胆，为爱疯狂，竟然拿着斧头，劈开丈夫的棺木，准备取出他脑浆做药。

男女相爱。双方家长极力反对，无半分商量余地。任其私订终身、忠贞不渝。

也罢。

生不能做夫妻，死可以同连理。二人相约村外树林中的一口深井，以身殉情，同赴黄泉。

明媚的早晨，暖暖的阳光，好听的鸟鸣。男人怀抱大束鲜花来到树林。是为爱献身的勇敢。任山无陵，天地合，也不与君绝。甜蜜的悲壮在胸中如烈酒奔腾，眼含热泪在井旁等候一同“远行”的姑娘。

突发奇想：她真爱我吗？

做个大胆试验。把鲜花铺满井边，将一只鞋子置放于上，躲到树后偷窥。

姑娘打扮得如新娘子一般，那身靓丽、动人的白纱，意味着婚姻开始和生命结束。看井边有男人的鞋子，想男人一定先她而去。发呆、发怔良久。跪在井旁大哭，全然没了优雅与高贵。

哭罢。站起身来，擦干眼泪。扬长而去。

男人傻了。自树后径直走向深井，用力一跃，独自消亡。

这是个故事。为何讲？我不知。只觉得人性的可怕。怕什么？我不知。

最早，庄子也干过蠢事。妻子田氏年轻漂亮，夫妻非常恩爱。

一日。

庄子在山上见一女子，蹲在新坟前拼命摇扇，似要把坟上湿漉漉的土扇干。庄子不解。女子说，坟中是她丈夫，临终遗言，要等坟上土干后，她才可以改嫁。她等不及了，于是猛扇坟土。

庄子看妇人可怜，便施法术让土干掉。女子大悦，把扇子送给庄子，兴冲冲下山找人结婚去了。

庄子回家与妻子讲起。妻子拿起扇子撕成粉碎。发怒说，天下竟有这样无耻女人！假如是我，我绝对不会！

庄子感动。

数日。

庄子突然生病故去。亲朋好友吊唁。其中有位来自楚国的年轻贵族，长得英俊潇洒。见田氏新寡，楚楚可怜，便追求她。田氏也怦然心动，爱上那个年轻人。当晚，酒酣耳热之际，年轻贵族突然心脏病发作，命在旦夕。田氏吓得惊慌失措，不知如何是好。年轻贵族说要用人脑浆才能缓解病症。

田氏一想，庄子不是刚死吗？狠心大胆，为爱疯狂，竟然拿着斧头，劈开丈夫的棺木，准备取出他脑浆做药。

不料，庄子居然复活！

原来。

庄子装死，化装成年轻贵族，自导自演闹剧，考验田氏是否忠贞。

又是个故事。为何说起？我不知。

名人不是我

被人奉承和遭人讽刺一样，都是对心灵的伤害，要顶得住。

到各地讲课后，微信粉丝数都会暴涨。

于河北邯郸馆陶县回来后，便有众多人加微信好友和微国学公众账号。一粉丝的第一句问候让我先感动后汗颜：我的朋友圈中终于有名人了！

人的名字被人知道得多了就算做是名人了。名人是个中性词，与“人”近似。好名人，坏名人，真名人，假名人，善名人，恶名人，正派名人，淫荡名人，都是名人。我算哪路名人？

充其量是个过得去的人。在某一领域稍有建树，被观众、听众、读者宠着、惯着，时间久了，便真以为自己是名人。

名人何用？

不能为社会、为家人、为城市、为国家做出贡献、树立榜样，反而让价值观尚未成型的孩子模仿你的发型、服饰、动作、口头语和奢华、奢靡，甚至出轨和浪荡，这也叫名人？

我不是名人，只想做点小事。能影响一两个人或家庭读书、读国学就是此生所愿了。当然，经过努力，改变了一些人的价值观、婚恋观与人生观。有人说何止一些，应是十倍、百倍、千倍。我没算过，愿意算您算。先独善其身，后兼济天下，是宗旨。

一定会有人把我忘记，也会不以为然，说是自己努力的结果，与我毫无关系。这是我希望听到的。因为想做个名副其实之人。善欲人知，不是真善；恶恐人知，必是大恶。

这不又开始标榜自己了吗？俗话叫吹牛。

人何必要出名呢？

出名是个害。少年出名是个祸。又是祸，又是害，人们偏如飞蛾投火，拼命往里钻。飞蛾死于明亮的火光，所以特别聪明的人可能会有特别的灾殃；水中的鱼死于芳香的诱饵，所以偏好美味的人可能会遭美味的毒害。一切诱惑的开始从来都是那么的称心，所以贪心容易占据人的心灵。

被人奉承和遭人讽刺一样，都是对心灵的伤害，要顶得住。顶住奉承比顶住战场上的子弹难。

都是贪心惹的祸！

我愿意做个平静、平和、平衡、平常之人，如果再是您的诤友、谅友就好了。

与武伟登山

一心做事，坦荡待人，地广天宽。

武伟说，可以爬山吗？

可以。我欣然应允。

明早？

明早。

下雨也爬？

下雨也爬。

早晨 5 点，房间电话响起。他已在酒店大堂等候了。

是他安排的襄阳唯一五星级酒店。昨晚宴席上招待的热情还未褪尽，一大早，哥俩相约爬山了。

他竟然赤脚！

他说坚持每天爬一次岘山，都是赤脚，一为锻炼毅力，二为与地气相融。

四十几岁的人了，若身体不强，阳气不盛，意志不坚，此举难成。而他，却常年如此。佩服！佩服其勇气与智慧。对身体的挑战，与自然的融合，和同趣人登山，不是智慧？

武伟的智慧在于从未打造过智慧。如山之厚重，浑然天成。似水之荡涤，奔流不息。一心做事，坦荡待人，地广天宽。

刚开始是在黎明的夜色中走的。逐渐天明，亦见行人。结伴的老人，牵手的情侣，追逐打闹的孩子。总会听到有人在山谷中呼喊，让声音回荡在山林，那是向岁月挑战，好像与历史穿越。

下雨了。是细雨。

继续走，继续聊，继续登山。山道迂回，古树参天，雨雾空蒙。湿了头发，湿了衣衫，却晴朗了两个男人的心。

武伟说去年请匈牙利友人登山，友人也坚持赤脚。本应爬两个小时，却用了四个多小时。因友人脚、腿划了太多伤口。下山后，匈牙利友人与他签了一个很大、很像样的合同。如今，二人情同兄弟，时常往来，并邀我闲暇同赴欧洲。

一身湿漉，毫无疲惫。他说我们不在酒店用早餐了，请你吃襄阳一家很有特色的牛肉面。

上了车，发现他手机在车里。忽想起，昨晚用餐时他说要和手机挑战，能不玩手机，就不玩手机。

到了铁道桥下人声嘈杂的市场。也脏，也乱，也凡俗。他要了两大碗牛肉面和两大碗米酒。说这里人早晨喜欢牛肉面配米酒，劝我入乡随俗。倒是觉得无乡可入，无俗可随。自小于农村成长，哪个不是在乡里的孩子？

多年以来，很忌讳吃肉。此刻，忌讳全无，欢悦无限。大碗喝酒，大块吃肉，大口吃面。

爬山，淋雨，喝酒，吃面。好个襄阳早晨，好个襄阳武伟！

一件小事，三种情怀

勿以小恶弃人大美，勿以小怨忘人大恩。

一、

那是我极为信任的一个人。学他作文，学他做人。

那是我极为信任的一个组织，以它为荣，为它做事。

想请那个我极为信任的人到我极为信任的组织去讲课。我极为信任的人爽快答应，我极为信任的组织上下欢喜。

微信的传播速度超越了所有的通信工具，听说是“那个我极为信任的人”来讲堂，年轻的、年老的、党内的、党外的皆大欢喜，踊跃报名。有人读着他的书长大，有人欲见他的清雅风采，有人想听他说社会如何深刻。还有数名外地粉丝，提前订好机票和酒店，预备前来。

400 人会场，600 人报名。票上印刷他名字，会场喷绘他照片，几个微信平台每天发他文章。

为他高兴。一个准备隐去江湖之人，江湖上还在流传着他的传说，不但有传说，还有那么多人兴奋。

那天早晨，他来电话，说不能如约授课。他说不能如约，定有急事、大事、特事。因为一代大家是不失信于人的。他定有无奈。

但，心中埋怨。怨自何来？不如己愿。即刻纠正，一个影响你做人、帮助你成长之人，有何可怨！

感触：勿以小恶弃人大美，勿以小怨忘人大恩。

二、

救场如救火。不能让几百名观众和我极为信任的那个组织失望。到

清华，走北大，进央视，赴山东。两天内找遍了能找的名人，打遍了力之所及的电话。心力仓皇，人似飞鸟。

妻说，你该和“组织”说明情况。我说，我也做领导，希望下属给我呈上的只是结果，而不是“怎么办？”为人做事，替人操心，与人减负。若徒增麻烦，还叫善始善终？

通过友人，终请到一位比“我极为信任的那个人”学识、名望不小的名家。

短气长舒，虽累犹荣。

“组织”研究后说，那么多观众都是冲着你“极为信任的那个人”而来，突然换人，如何解释？担心有二，一对不起观众，二对不起此位大家。

如何是好？

活动取消。

是，取消是最好的结果。心一下子沉静下来。抬头望天，今儿真凉爽。

感触：凡事多商量，别所有问题都自己扛。

三、

如何与那位大家“退场”？

与友人商量。友人说，实话实说。

友人稍后来电，说那大家无丝毫生气，说救场也可，“退场”也行，不必计较。

此大家触动我内心最深刻的敬佩。

感触：向那位博学、豁达的大家学习。

说开光

开不好光，可能会走光。

某寺院法师为一辆保时捷跑车开光，祈福人车平安吉祥。感慨于购车人的奇思妙想，惊诧于大师的无所不“开”。

开了光就能平安和福报吗？

马航失联、云南地震、贪官落马、日本叫嚣，给开开光吧。某知名美女，年轻、性感、白嫩的姑娘变得流于世俗，让其重回清纯无瑕，开开光吧。有些人的嘴应是开过光了，说谁行谁就行，说谁不行，行也不行。

倒是更担心那辆动力十足的保时捷被开光后安全系数下降。反正给开光了，速度快点又何妨？岂不知高速猛于虎！

好多人喜欢被人罩着，叫后台，叫背景。如同被开光。有男人，有女人，有当官的，有趁钱的。到最后竟然发现“开光”失灵！

开光起源于道教，盛兴于佛教，也就是说的“加持”。是通过一种仪式来接引天地灵性和仙气，然后再请那个从未见过面的神、佛保佑。开光像给物品点上烛光，自己做善事、修功德就会让烛光更亮，在冥冥中引到灵性和仙气。

也是因果。善因善果，恶因恶果。

恶人被开光，有恃无恐，还可能被“开光”所误。如观音菩萨的坐骑，跑到人间，苟且一方，欺男霸女，兴风作浪，人妖难辨。最后还是要被收回法办的。也如同某高级领导秘书，这应是被开了“大光”的，欺上瞒下，大谋私利。结果如何？

开不好光，可能会走光。

做个好人，善良点，勤奋点，勇敢点，智慧点，仁义点，诚信点，孝顺点，基本不用开光。心光早开启，何必等大师。

开光者应慎重，别什么活都接。自强，是自己为自己开光，因为命运不是掌握在大师手里。

媒体也太闲了，这么一个开光的事还当个新闻报。还得麻烦我，说开光、写开光，得罪了好几个人。

有余力，则助人

是小的，就别充大。是弱的，就别逞强。有余力，则助人。

朋友做企业，时常资金短缺。买一10万元车，且分期付款。问其为何捉襟见肘，他说今年放生花了10万块。

企业正常运转没有钱，买交通工具钱不够，却在放生上出手阔绰。忽然明白，他不是对佛虔诚，而是把10万元当作投资，希望有更大的回报。

如那年的另一朋友，用公款炒股，赔掉大半。后悔莫及。面临企业和法律问责，只能背着家人，忍痛房贷还款，才免去一劫。

亦有虚伪慈善者，在社会上红得发紫，家里日子竟穷得心酸。把孩子吃奶粉的钱节省下来为贫困孩子买书包、文具。这不叫行善，是缺德。

农村的又一朋友。春天种地耕耘，夏日松土、除草、捉虫、浇水、施肥。偶尔也与人借点钱，买化肥农药。到秋天，收入了几万块，还有满院子金黄和一家老小的喜悦。冬天给父母买棉拖鞋、围脖、口罩和羽绒服，给孩子买笔记本电脑，给妻子买了金项链。自己则每日喝二两小酒，读书、练字、弹琴。

农村朋友没有助人，没有“信佛”，也没有买股票和做公益。但，他让自己充实，让老婆孩子与爹妈满足，这应是最合理的公益，最起码没有给社会添乱。安当下，不妄想，不偏执，不贪恋，不痴迷，不盲从。他没有学过佛，却已经成了佛。也无太大投资，人生安悦，其乐融融。

是小的，就别充大。是弱的，就别逞强。有余力，则助人。不侥幸，好生活！

做我所做，得我所得

知道自己没有捡大钱、中大奖的命，只能踏踏实实干活、用心做事。

早晨走路上班，在人行道上捡一毛钱。晚上下班回家，在公园里又捡一毛钱。

捡的时候也犹豫，是否弯下自以为高贵的腰？一念而过。低头拾起被车子压得略有变形的硬币。把钱捡起来是一种生活态度。虽然小，但，是钱。

一天捡了两毛钱。应不是自己幸运，而是别人不屑。于是才有我发财的机会。可一毛钱得罪谁了，因为卑微便受人鄙夷？我捡。当见义勇为吧。捡了之后，不用归还失主，当对自己奖励吧。

曾经捡过一皮包钱。

二十年前开餐饮店。那时总有地痞无赖亮肌肉、耍霸气，目的为吃霸王餐。有一拉煤老板，没吃利索就跑。目的为不结账。但，他的皮包却因慌忙而遗落在桌上。打开一看，一皮包都是钱！

时间不长，那家伙气喘吁吁跑来，脸色苍白，满头大汗，问询皮包。我开玩笑说没看见。拉煤老板扑通一声跪在我面前，说三十万，那是三十万呀！一家老小的命都在皮包里。

从柜台中拿出皮包给他。

他千恩万谢，问这几天我欠你多少饭钱了？我说900。他立刻慷慨掏出三千，说剩下两千是感谢。我收下 900 元，其余原数退回。奉劝他以后记得吃饭结账，别因小失大。

把包还给他，心里特亮堂。知道自己没有捡大钱、中大奖的命，只能踏踏实实干活、用心做事。做我所做，得我所得。

你家孩子有错吗

我们总想让孩子高贵，就严格要求孩子，却放松、放纵自己。

邻居来家做客，我刚把饭做好。

问，饭做好还给每个人都盛上？

是，不但盛上，而且要估计好量，不能剩，最好略有不足。

那是为何？

因为是晚饭，尽量七成饱。从源头上控制效果最佳。

邻居若有所思。

我继续说，不单是吃多少的问题。每次做饭都精致、用心，把筷子、碗、座位分配好，请大人孩子来吃，以身作则。做饭如做事，从来不凑合。孩子自然会学。

有效果吗？

最初没有，孩子们也不知情。但坚持一年多就行了。如今儿子已经会炒菜做饭了，餐后刷锅、洗碗、擦地一丝不苟。

邻居说经常到外面吃，家里很少开火。

我笑了，说外面吃叫会餐，家里吃是生活。

早晨，儿子为我端上一碗豆浆，吃饭的时候，正好可口。

从来没要求过他，这不是会了嘛。

孩子身上不足，大部分是家长的问题。比如下学后衣服扔在沙发上，鞋子乱摆没规矩，吃饭没礼貌，起床不叠被子，上学走时不打招呼，偶尔倔强发脾气。还比如看电视到深夜，埋头玩微信，上网打游戏，忙着聊 QQ，把手机带进厕所和卧室。

这些都是大人的毛病。孩子跟父母学的！

村里一同龄人有个极为令人讨厌的恶习，经常找机会调戏和欺骗村里的大姑娘小媳妇。一回忆，他父亲就有这种特殊的“爱好”。

想到此，惊得一身冷汗！

我们总想让孩子高贵，就严格要求孩子，却放松、放纵自己。你以为你是谁！

莫心动

男人喜欢慷慨，更喜欢与女人慷慨。男人喜欢占便宜，尤喜欢占女人便宜。

夜色初上。自清华大学走回西郊宾馆。人流熙攘，满城繁华。

一女子在我之侧，并行几步，轻声呼唤：先生。

我停下脚步。见女子黑发披肩，纱裙轻盈，容颜姣好。看气质不像风尘中人。不禁疑惑，也有心动，莫非艳遇？

当我把目光投向她时，女子温柔开口：能借几块钱吃点东西吗？我会报答的。

很多男人喜欢慷慨，更喜欢与女人慷慨。有些男人喜欢占便宜，尤喜欢占女人便宜。虽于大庭广众，但偌大北京，谁能与谁相识？如此距离，无异于孤男寡女。本想关怀几句逞男人之能，但即刻警觉，温柔背后有欺骗。如此入时打扮，能差几块钱？我若借她，不，给她，定生事端。能生何事？定是吃亏、倒霉之事。

于是，没有半句搭讪，径直向前。

临近酒店，与一男子擦肩而过。我与他同时回头凝望，同时道出对方名字。是数年未见老友。相见甚欢，畅谈共叙。我来自天津，他来自福建，却在京城偶遇。着实高兴一把。

高兴之余，尚存侥幸，我若夏心萌动，与那女子有些许交流，便与老友各入人海，不会巧合。

《菜根谭》云：风斜雨急处，要立得脚定；花浓柳艳处，要着得眼高；路危径险处，要回得头早。

浮躁的生活当“轻色”，下一站便遇老友和知己了。

免费，应是最贵的

贵的东西都有价，有价的东西不算贵。无价的东西才是贵。

朋友请客。

中国最贵的那种酒，北京尚好的那种店。

朋友说感谢大家捧场、给我面子，于是喝掉一大杯酒。被请的一位朋友说我一般不出席这种场合，但你请客我多忙也要抽出一点时间，于是喝了一小口酒。

请客者可能因为惜缘，或其他心愿，被请者可能因为面子，或其他目的，就这样坐在一桌了。

这种背景下的请客都有同样一种好玩的景致，就是喜欢说自己的优势。有人说自己花几千万搞了一小活动；有人张口闭口就是这个省、那个省、这个部、那个部的领导与其私交甚密；有人说给中国的几位大明星、歌手、模特打个电话，他们就能到场；有人说经常在国外，忙得不亦乐乎。

估计人们是在用权威和光鲜混饭吃，无时无刻地亮肌肉、秀内涵。如同国际形势下的军演，威吓对方比杀死对方更有意义。

这顿饭真贵。三瓶贵酒，几份贵菜，一群“贵人”，满桌贵话。

身在贵中不嫌贵。因为贵着贵着就贱了。

贵的东西都有价，有价的东西不算贵。无价的东西才是贵。比如友情，比如谦虚，比如真诚，比如善良。这些东西都是免费的。免费的应是最贵的。

2014.6.27
@tjmyuan

不单是钱的事

这是一种态度，一种制度，一种进步，一种决心。

看到“新疆奖励勇斗暴徒两群体50万元并授予荣誉称号”的新闻很是高兴。更为高兴的是举报人也可获得最高10万元的奖励。

这下好了，有三种人可有用武之地了。

第一种是为机会而准备的人。原来见到暴恐唯恐躲避不及，如今既可发财，还能受奖。如何让人不奋勇？

第二种是见义勇为者。回忆昆明的“3·01”暴恐事件，死伤百计群众。而网上却流行如何明哲保身、快速逃命的方法。弱者的胆怯和自私引发了暴徒变本加厉的凶残。面对野兽哪有商量的余地？唯一的办法就是同仇敌忾将其干掉！

第三种是暴恐内部意见不统一者。实在和你混不下去了，老子走人。将你的信息掌握。告密！

实际，这不只是钱的事。这是一种态度，一种制度，一种进步，一种决心。真的，不单是钱的事。

¥50万
2015.3.3

送他一片清凉

见有车挡住，就按喇叭，就急，就骂，你可知此刻你也挡住了后面的车。

于大连打车。

司机见车就超，遇红灯就叹气，前面车挡路就按喇叭，然后又叹气，车行途中，接连叹气。

窗外风景如画，车中叹气声忙。

猛然一脚刹车，让我从后座突然一下子差点窜到前座。幸亏两手扒住前排座椅，不然定与司机砸抢方向盘。

我说师傅慢点。

司机说哎！

为何总叹气？

天热呀！

叹气就不热了吗？

不叹气也热。

我说，一路把车开得飞快，见车就超，你可知前面的车永远超不完？见有车挡住，就按喇叭，就急，就骂，你可知此刻你也挡住了后面的车，人家若也骂你，不觉得无辜吗？窗外这样好的风景不欣赏，只想阳光炙晒，且心中急躁，能不热吗？

司机听罢，嘴中咕念。不知所云。

到达目的地——棒棰岛。满眼绿色，景韵别致，海风舒畅。

司机说 50 元。

我说 60 元。

司机短暂惊诧，问为何多给 10 元？

只想让你帮我办个事，回途中不要叹气，10 块钱买你一路清凉，如何？

司机面呈喜色，说谢谢您，我懂了。连声道谢，欢快而去。

看之远去，希望真能送他一片清凉。

从卓越到平凡

人生有一种悲哀，是眼看着自己的孩子从卓越到平凡。

某国际学校初中部招生，学费三万六。但要出题考试、优中选优，看学生成绩，从前往后排列录取。

一直以为这所设施豪华的民办国际学校很国际化。是否国际化是看学生的德、智、体、美、劳是否全面发展。而，只会学习，道德、情商差，没有好的习惯和思维模式，是错过的花季。如今看来，这学校“民办”是真的，“国际”是假的。

校门口有商家卖试卷，说是 ×× 中学往年考试真题。看学生家长眼光迫切，想一眼就能挖出今年的考试真题。

见布标广告：让您的孩子从平凡到优秀，从优秀到卓越。

每个孩子都是平凡的，家长都想把平凡升级成优秀，若真能优秀再优秀，应是广告上所说的卓越。

谁能有如此本领？

布标下方工整、大方地呈现着补课电话：……

回到家里，女儿补课还未回来。最近，家中总有剑拔弩张、开兵见仗的味道。为了迎接小考，没黑天带白夜地补课，几乎见不到孩子有片刻闲暇。我只好识趣。弹钢琴，不要求了；练书法，不要求了；读《论语》，不要求了。

自生自灭、随波逐流吧！

人生有一种悲哀，是眼看着自己的孩子从卓越到平凡。

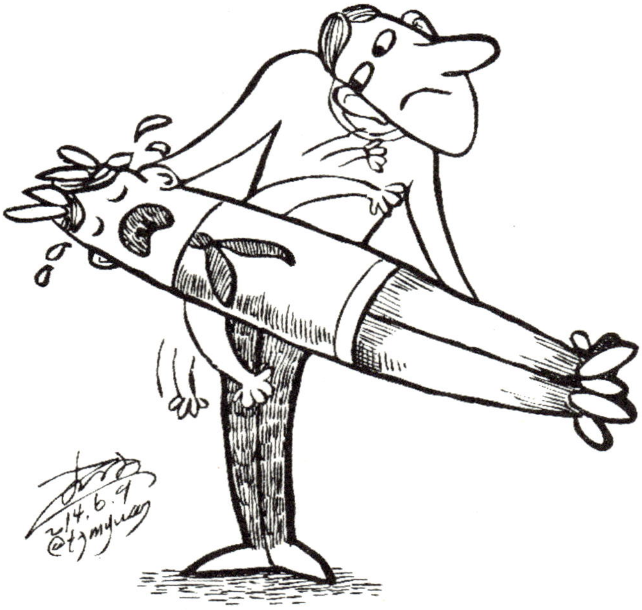

顺其自然

太阳从未有一天因为忙碌、劳累而迟到、旷课、早退。

即将睡觉，还有一篇文章未写。妻子说何必苦思冥想、难为自己，人应顺其自然。

我明白她所说的自然是悠悠然，是欣欣然，是以自我为中心的想当然。

大自然，如风雨雷电，要顺应。小自然，考验意志、历练心智、磨炼性格正是与自然的相辅相成。因为太阳从未有一天因为忙碌、劳累而迟到、旷课、早退。

但，太阳是人类、万物的太阳。自己的坚持和磨炼也是顺应自然。

反之，懒惰、安逸、享受、奢靡就是不顺应自然了。该睡不睡，该起不起，不该吃也吃，猛喝狂饮。人能无病？此乃不顺自然。

坚持把“作业”完成，不给别人看，不给自己看，只给自然看。

没人觉得太阳是作秀。这叫自然。不阴谋，不诡计，还无私。太阳是我们学习的榜样，要顺其自然。

自然
2014.6.9

虚伪的心愿

感谢人的目的有两个：一是了却自己心愿，二是帮助别人成长。

感谢人的目的有两个：一是了却自己心愿，二是帮助别人成长。若只为自己了却，而忽视别人需求，不算个完整感谢。

在天津津南区“米立方”游乐园，妻子被水淹着了，经呼喊、挣扎被工作人员救起。在女儿与其相见时，她看似安静，实则惊魂未定地泡在温泉中了。

她即刻提一个问题、一个要求。

问题：死了之后我会不会再娶一个年轻、美丽的新媳妇。要求：立即去感谢那见义勇为的救生员。

问题棘手。说娶，必定闹翻。说不娶，会遭质疑。但没有立即感谢救生员。她埋怨我冷漠无情。

两天后，做好锦旗，邀请、麻烦当地领导与我同行，心怀感恩、态度端正、一丝不苟地把锦旗敬奉“米立方”领导和那小伙子，当场真诚感谢。

妻子奇怪，为何走形式？

我说，一、那是一位年轻人，有被提升和表扬的空间。为回报救人者，不能默默无闻。这是诚信的证据。二、游乐项目中有很多天山集团售房的宣传，这应是一房地产企业，项目应是城市综合体。三、小站镇是历史名镇，袁世凯练兵之地。送锦旗目的不但要表扬、感谢小伙子，还要帮助其项目和小站镇做个宣传。

锦旗上写：天山惠爱，米镇泽仁。张建云偕全家感谢“米立方”出手相助、见义勇为。

这是我虚伪的心愿，请理解。

咱，不急

做好自己，无愧于心；但尽人事，不计天命。

有人着急。

孩子想上好一点的幼儿园、小学、初中、高中和大学，担心不如愿。

有人着急。

孩子即将大学毕业，担心找不到好工作。早就有好工作的，担心纪委查到头上，吃不了兜着走。

有人着急。

房价下跌，资金不足，员工难招，市场不好，压力山大。

着急，是我们想在好的基础上过得再好，是想在好的日子里比别人更好，是想在别人都好的时光中，一直自己都好。

实际。有人比我们急。

日本比您急，菲律宾、越南也比您急，绞尽脑汁、千方百计想在南海捞些好处。但中国坚持原则，分寸不让。

乌克兰比您急。国家乱得不成样子，能有安静的书桌和工作是万幸。

美国也比您急。中俄签约 4000 亿美元天然气大单，“亚信”会议圆满成功，“上合”组织愈发强健，人民币优势功能凸显。你说美国心里急不急？

但，中国不急。您也别急。只要是中国人就不急。我们一天一天往好里走着，还着急？

做好自己，无愧于心；但尽人事，不计天命。咱，不急。

图书在版编目（CIP）数据

张建云说微生活 / 张建云著 .—济南：山东友谊出版社，2015.4

ISBN 978-7-5516-0599-1

Ⅰ．①张… Ⅱ．①张… Ⅲ．①散文集－中国－当代
Ⅳ．① I267

中国版本图书馆 CIP 数据核字（2015）第 037441 号

责任编辑：周恩帅　袁　方
装帧设计：董向志

主　　管：山东出版传媒股份有限公司
集团网址：www.sdpress.com.cn
出版发行：山东友谊出版社
地　　址：济南市英雄山路 189 号　　邮政编码：250002
电　　话：出版管理部（0531）82098756
　　　　　　市场营销部（0531）82098035（传真）
印　　刷：山东鸿君杰文化发展有限公司
版　　次：2015 年 4 月第 1 版
印　　次：2015 年 4 月第 1 次印刷
规　　格：170mm × 230mm
印　　张：15.75
字　　数：200 千字
定　　价：28.00 元